海上花开

BLOOM

王甦 李新民

敦煌文艺出版社

图书在版编目（CIP）数据

海上花开 / 王甦，李新民著. -- 兰州：敦煌文艺出版社，2018.9（2023.1重印）
ISBN 978-7-5468-1619-7

Ⅰ. ①海… Ⅱ. ①王… ②李… Ⅲ. ①话剧剧本－作品集－中国－当代 Ⅳ. ① I234

中国版本图书馆CIP数据核字（2018）第213574号

海上花开

王 甦 李新民 著

责任编辑：杜鹏鹏
装帧设计：李晓玲 禾泽木

敦煌文艺出版社出版、发行
地址：（730030）兰州市城关区读者大道568号
邮箱：dunhuangwenyi1958@163.com
0931-2131373 2131397（编辑部） 0931-2131387（发行部）

三河市嵩川印刷有限公司印刷
开本787毫米×1092毫米 1/32 印张8.75 插页2 字数155千
2019年6月第1版 2023年1月第2次印刷
印数：3 001～6 000

ISBN 978-7-5468-1619-7

定价：38.00元

如发现印装质量问题，影响阅读，请与出版社联系调换。
本书所有内容经作者同意授权，并许可使用。
未经同意，不得以任何形式复制转载。

Contents
目 录

001
海上花开

111
冰雪圆舞曲

177
寻梦女孩

001

▲ 老艺术家蓝天野、著名评论家钟艺兵看戏后和剧组合影

▲ 《海上花开》发布会

《海上花开》剧照　李春光 / 摄影

BLOOM
海上花开

《海上花开》剧照　李春光／摄影

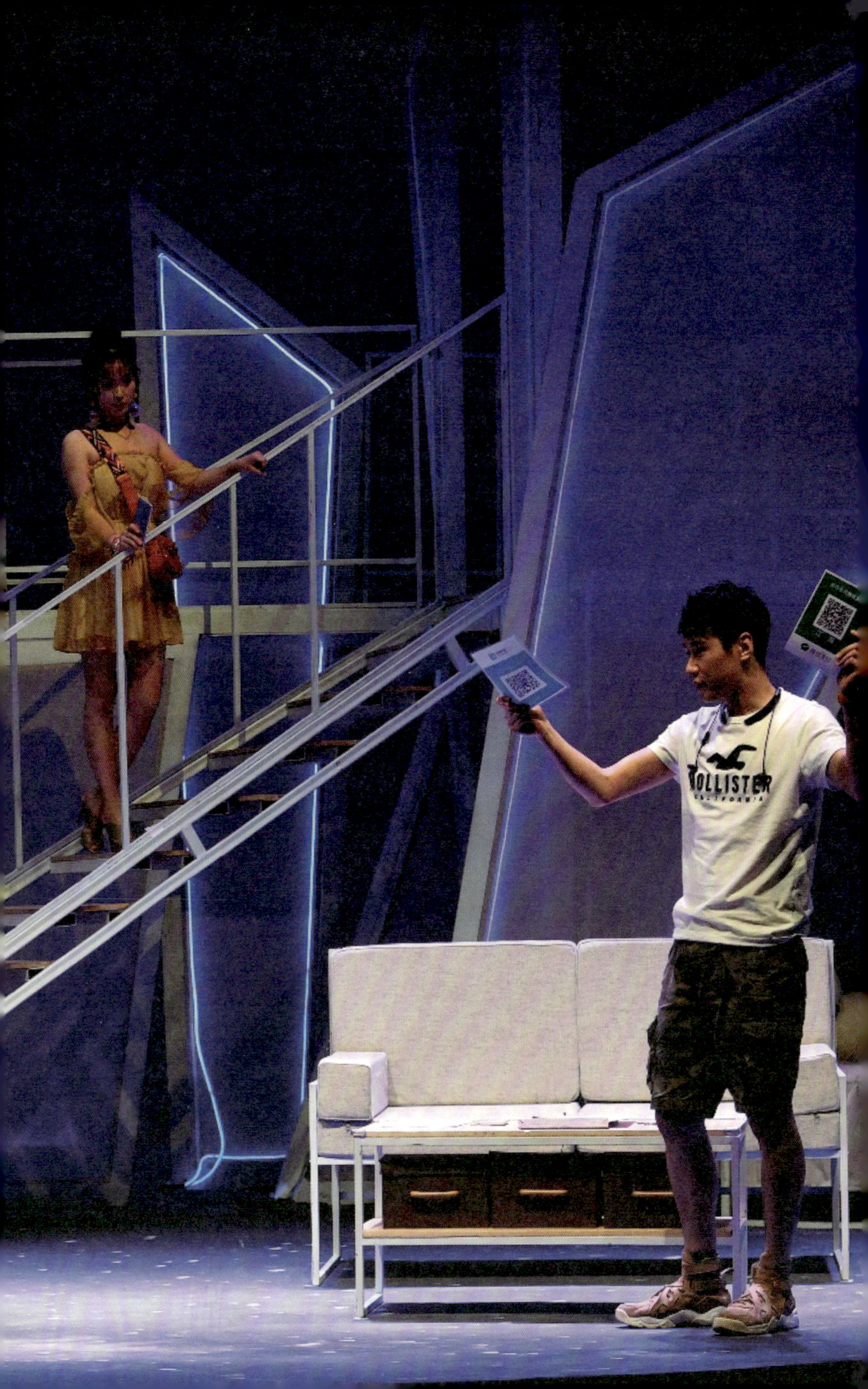

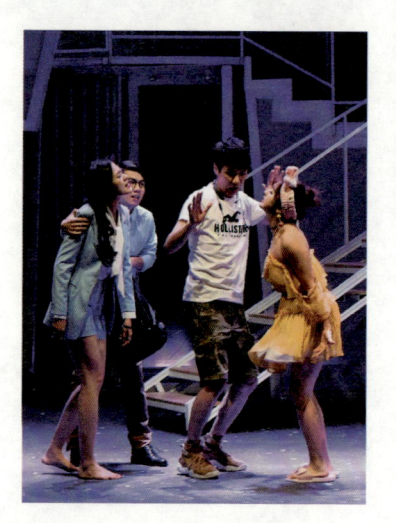

《海上花开》剧照

李春光 / 摄影

《海上花开》剧照

李春光 / 摄影

《海上花开》剧照　李春光 / 摄影

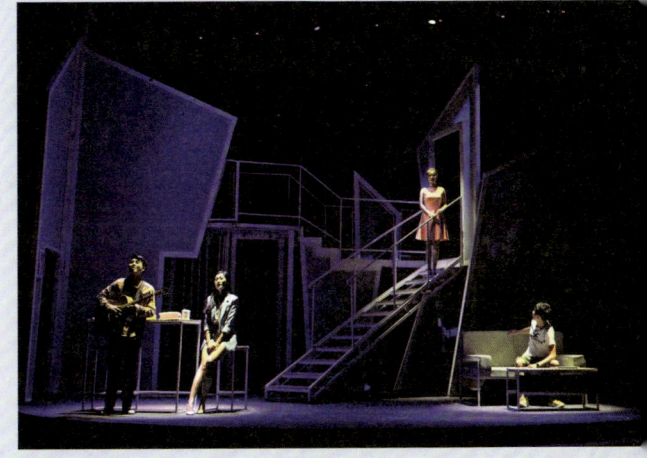

009

《海上花开》剧照
李春光 / 摄影

BLOOM
海上
花开

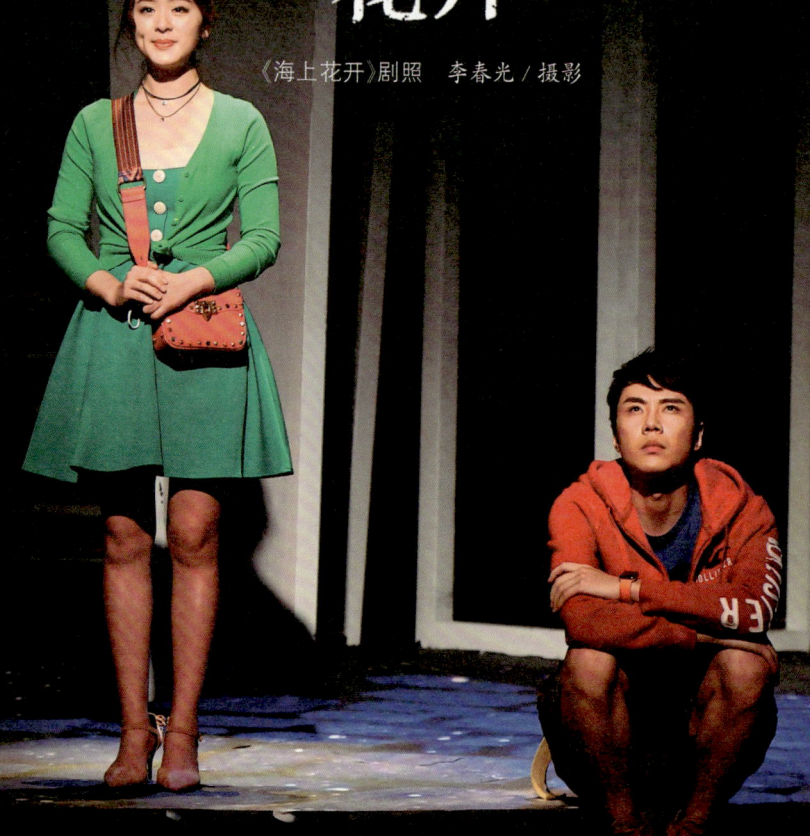

《海上花开》剧照　李春光/摄影

▲

《海上花开》剧照　李春光/摄影

BLOOM
海上花开

《海上花开》剧照　李春光/摄影

【小剧场话剧】

海上花开
——献给所有为梦想努力的人

王甦

作者简介

王甦,青年编剧,毕业于中央戏剧学院戏剧文学系,现就职于北京人民艺术剧院。2015年参加国家艺术基金话剧编辑人才培养研修班,2016年获得北京文化艺术基金青年艺术人才创作扶持。话剧作品:《我是余欢水》《冰雪圆舞曲》《冰山在融化》《追梦的女孩——少年宫的故事》《花果山漫游记》《课本人大作战》等。《无果花》入围第二届中国话剧原创剧目邀请展,北京文化局"北京故事"优秀小剧场剧目展演。《手心手背》是2016年度北京市文化艺术基金青年艺术人才扶持项目。《海上花开》2017年度北京市文化艺术资金资助剧目,2018北京青年原创戏剧展演季剧目,2018"海之声"新年演出季开幕剧目,海淀区"大写中关村·聚焦海淀人"剧本征集活动第一名。影视作品:电视剧《奇幻乐园》《南城遗恨》《密站太阳山》《冷案》等;电影《小白领大翻身》;微电影《大林寺桃花》《乐不思蜀》等。

序幕

一个梦想

【时间:现代。

【地点:海淀区的街头,后面是灯火辉煌的海淀区夜景,隐约可见中关村几个地标建筑耀眼的霓虹灯。

【起光。

【安淑仪黑着脸走出来,江海拎着打包的酸菜鱼餐盒追出来。

江海:妈!妈!(气喘吁吁)您等等我!

【安淑仪站住,不说话,瞪着江海。

江海:妈!您到底要干什么啊!仨月了,您每月才给我800块钱,低保一个月还900块呢!我都没法儿活了!

安淑仪:(叹气)大海,你听妈妈的话,出国去读

书,你的手续都给你办好了,你别再折腾了!(打开书包掏出一个牛皮信封)

江海:妈,我不想出国。

安淑仪:你不出国在国内能有什么前途?现在硕士生博士生满天飞!你一个本科生,没有任何优势!你不出国也行,明天就去我公司上班。

江海:公司?嘿哟,妈!您就别提您那公司了,您那就是个酸菜鱼馆!我一闻酸菜鱼味儿我就恶心!本科生怎么了?现在什么年代了,谁还拼学历啊,现在拼的是创意!是新思维!

安淑仪:行行行,别再说了!看看你这几年都干成了什么?

江海:(低眉顺目)妈……您别生气。

安淑仪:江海,我一个人把你拉扯这么大容易吗?为了你什么苦我没吃过!你必须听我的出国读书!你都多大年纪了!还满脑子机器人,打游戏!你做的那些事成功过一次吗?你就这样混一辈子?

江海:妈,您不懂……我想做点自己喜欢的事!我早晚能成功!

安淑仪:你别异想天开了,创业没你想的那么简单!我给你的是最好的安排!

江海:我想自己去闯闯,妈!我都快30岁了,我就不能自己做回主吗?

安淑仪:(恼怒)我再最后问你一句,美国你到底去不去?

江海:我不去!(把信封扔在地上)

安淑仪:好,那从今天起,我一分钱也不给你!看你以后怎么办!拿过来!(抢走酸菜鱼,转身就走)

江海:妈!那是我晚饭!(无奈)唉……(拿出手机,打电话)喂?中介!我手里有套房,我要招租!

【收光。

第一场　吉屋招租

【起光。

【地点:北京海淀区某居民小区。

【这是一所两室一厅的 LOFT 公寓,江海的家。一层有客厅和两间大一点的卧室,一进门的位置是厨房,上二楼的楼梯下面有一个小卫生间。可以洗澡的卫生间和两个小一点的房间在二层。屋里布置得简单大方,干净整洁。

【手机铃声响起。

【隐约传来马桶抽水的声音,江海急匆匆跑出来,裤子还没穿好。

江海:(接电话)喂,哥们儿? 我的房子已经在你们网上挂了多少天了,您怎么还不安排人来看房?……什么? 真不贵! 我这不是私搭乱建的群租房,我这儿可是正儿八经三室一厅的LOFT！精装修！包水电！谁租谁就是捡了个大漏儿！……得，我听您的，那就降一点儿，大屋3500元，小屋3200元，不能再低了！……你们赶紧也安排人来看看房啊！我这房子这么好！只要有人来看房，肯定分分钟租出去！……行吧，我在家等您，您多费心！(挂电话)唉，真是一分钱难倒英雄汉。要不是穷得实在揭不开锅了，我才不愿意把我的房子租给不认识的人住呢！(躺在沙发上)饿死我了……

【门铃响起。

江海：谁啊？

樊花：(在大门外回应)我们来看房的。

江海：(弹跳起来)这么快！(上前开门)里面请，里面请，随便看！

【三个人拉着箱子进来，林开颜四下看，樊花站定了观察，高上天默默站在后面。

江海：(对高上天说)辛苦了哥们！

林开颜：这房子——

江海：我这房子是刚装修的，一直就我一个人住！采光好，家具什么也都是新的。一楼这间是我住，二楼还有两间房，一间是北房，一间是东北角的。不过你放心，房间都方方正正的，桌椅家具一色(sè)的新！你们先随便看看，想住哪屋？

林开颜:(同时)我要住北房!

樊花:(同时)我要住北房!

江海:(打圆场)嘿,俩美女真有眼光!能住海淀区的都是人才!北房自然好,可是也最贵,你们俩先上楼看看去?看看自己喜不喜欢?

【樊花、林开颜有点较劲,放下行李跑上楼去看。

江海:你们这办事效率真不行啊,多少天了才来人?

高上天:是是,我也刚看到这个消息。

江海:你说咱这房,不是我吹,可这海淀区你转去,像我条件这么好的房子,上哪找去?

高上天:您这房子确实好!

江海:哎!俩美女怎么样啊,看好哪间了?

林开颜:小哥哥!包水电吗?

江海:包包包,全都包!

林开颜:网速快吗?

江海:看直播、下电影从来就没卡过!

樊花:房东,可不可以在北房里加一个小床头柜?

江海:可以啊!我这屋里就有一个,现在就给你搬上去!来兄弟搭把手。

【江海和高上天进卧室搬东西。

【樊花和林开颜站在二楼。

樊花:那石头剪刀布?

林开颜:十五二十。

樊花:十五二十?

林开颜:不会啊?把手伸出来我教你。(伸出手比画)这是二十,这是十,这是十五,这是没有,收!来我让着你,你先来。

樊花:十五,二十,十五!十五,二十,二十!十五,二十,没有!谢谢!

【樊花走进北房查看,林开颜愣住了,没想到自己居然会输。

【江海和高上天搬着床头柜走出来。

高上天:您这个房子特别好,离我公司特别近,我会做饭还会修电路,维修 Wi-Fi 我也可以。

江海:你们现在业务这么全面吗?

高上天:对对对,我什么都能干,所以房租能不能便宜一点?

江海:哎,等会,房租?你不是中介?你是来租房的?

【林开颜在楼上高声喊。

林开颜:小哥哥!这房子我要了!

江海:好好好!

樊花:合同什么时候能签?

江海:现在就能签!(开心地拿出合同)哟,哥们对不起,就两间房,女士优先,姑娘们都先租了,要不然你再转转?

高上天:我住楼下就行。

江海:啊? 楼下就一间卧室,是我住的。

高上天:我只要有个地儿能睡觉就行!

江海:你不是要在我这屋?(逗贫)我真没这癖好。

高上天:不不不,不是那个意思,您那不是还有间房吗?

江海:那是书房,住不了人,没床!

高上天:我有。(拿出充气床)

江海:(愣)嘿!(笑了)充气的!

高上天:我可以给你们做饭,一般的家常菜我都可以,麻婆豆腐,鱼香肉丝,酸菜鱼!

江海:打住! 酸菜鱼! 换一个!

高上天:哦,我还会包饺子!

江海:饺子? 嘿! 意外收获!

高上天:(点头)我叫高上天,四川大凉山彝族人,今年 27 岁。

江海:嘿,巧了,我今年也 27 岁。我叫江海。

高上天:你好!

江海:这间屋小,收你一月 2000 元,押一付三包水电,够意思吧!

高上天:嗯！好！

江海:这事儿可别跟中介说！

高上天:哦！好！

江海:对了,你有暂住证吧?

高上天:有,我在中关村工作,公司统一办了。

江海:得嘞,按规矩来!（准备把床头柜搬上二楼）

高上天:哎！我来！（抢着把床头柜搬到二楼）

江海:违法乱纪的事咱可不干。

【高上天接过钥匙,进屋去了。

【林开颜嘟着嘴下到一层,神情不悦。

林开颜:小哥哥。

江海:这是怎么了美女？你们决定好住哪屋了吗?

林开颜:我住东北屋,阳光不好,还对着马路,是不是应该便宜一点点呢,小哥哥?

江海:哎哟,美女你这房租可真不能便宜了,不能再低了。不过我想问问,你们是怎么挑的屋?

林开颜:最公平的方式,十五二十,我输了,那个小姐姐赢了!

江海:没事美女,哥告诉你一秘密,你那屋 Wi-Fi 信号比北屋强!

林开颜:真的,那太好啦,Wi-Fi 密码是多少?

江海:你生日。

林开颜:(愣)你怎么知道我的生日?

高上天:(拿出手机按密码)连上了!谢谢!

林开颜:(惊诧)怎么你也知道我的生日?!

江海:嗨!我是说Wi-Fi密码是"你生日"的汉语拼音!

【樊花下楼。

樊花:房东,我住北屋,以后我的屋子自己打扫,希望你们不要随便进我的房间。

江海:没问题!我自己的房间都不收拾,你们的我就更不操心了!别叫我房东,跟叫80岁老头儿似的。我叫江海!

高上天:高上天!

林开颜:我叫林开颜,以后我们就是邻居了!小姐姐!(伸手)

樊花:你多大了?

林开颜:我……我23岁呀!

樊花:咱俩差不多,叫我樊花就行了。(不理会地走开)

林开颜:呃……

樊花:我去参观一下厨房。

江海:跟我来!

【樊花去往厨房,江海追过去介绍情况。

【林开颜一直保持伸手姿势,有些尴尬。

高上天:(上前握了握林开颜的手,憨憨地笑了)高上天。

林开颜:林开颜。

江海:姑娘,听口音,你是北京人?

樊花:河北人。

江海:京津冀一体化,都是一家人!哈哈!你——

樊花:我有男朋友了!

林开颜:(哈哈大笑)啊哈哈!

江海:嘿,今儿真是蓬荜生辉,我这茅草屋来了三位贵客,来了就是朋友,以后咱们互相照应,有什么事尽管找我!(分钥匙)今天是咱们110第一次聚齐儿,我请客咱们去五道口撮一顿!都去啊,都去!

林开颜:好耶好耶!我去拿东西!

高上天:好!好!

江海:(忽然想到什么)哎哎哎!各位稍等!(从桌上拿起两张打印的二维码)不过吃饭之前啊你们得先把房租交一下!支付宝,微信,扫一扫。

【收光。

第二场　不打不相识

【一周以后。

【周六的下午。

【江海瘫在沙发上看书,楼上时不时传来高跟鞋踢踢踏踏的声音。

江海:(喊)林开颜!你别老穿着高跟鞋在屋里溜达,跟闹鬼似的!

林开颜:好好好,海哥哥,我这就下来!

【高跟鞋的声音停了,片刻,林开颜冲下来。

林开颜:(穿着短裙和高跟鞋)海哥哥!你给我看看!(噘着嘴像要亲江海)

江海:(吓一跳)哎哟,干吗啊!(放下书,从沙发里站起来)

林开颜:想什么呢!(坐在沙发上)你们这些男

人,是不是只会用下半身思考问题?我是让你看看我的口红!哪个好看?

江海:都挺好看的。

林开颜:你看了吗就说好看!你们是不是都这么敷衍女人啊?上嘴唇是流行的钻石星辰颜色,下嘴唇是国内所有商场都断货的小羊皮豆沙色唇膏!都是我们店里的新货!我不试试怎么给顾客推荐呢!

江海:我怎么看着都差不多。

林开颜:你们这些宅男真是零审美!(准备上楼去)要不你怎么没女朋友呢!

江海:(追过去喊)开颜!定!你是不是又去洗澡啊!你可太费水了!一天洗三次澡,你不怕洗秃噜皮了?!能不能节约用水啊!

林开颜:(站在原地,可怜兮兮)能不能动了啊?

江海:解!

林开颜:我换一个妆就得洗一个澡,用不了多少水啦!

江海:你再这么洗我可收你水费啦!

林开颜:那可不行,合同里写得很清楚,包水电!(笑着上楼去了)

江海:唉,下次长记性,女房客不能包水费!

【高上天拎着大纸箱子从房间出来。

江海:嚯,这么大的箱子!又给老家寄东西啊!

高上天：嗯，我妹妹要上高中了，给她寄个电脑。

江海：买个笔记本电脑多好，又小又容易拿。现在还有人用台式机吗？

高上天：这是我专门为她定制的一体机，第七代英特尔酷睿i7处理器的系统，四核处理器，16G内存，8TB硬盘。笔记本达不到这个水平。（自豪）我妹妹学习很好，她想来北京上大学，我要给她一台最好的电脑。

江海：哟，没看出来啊，中国好哥哥啊。开颜还说我是死宅男，你比我更宅男！整天就是和JAVA、UI、C++做伴，无聊死了！

高上天：（有些惊讶）你懂编程？

江海：就算是吧，哎呀，这年头多少都懂一些啦。

高上天：那你为什么天天在家待着，不出去工作？

江海：（喊住）喂！你是不是又没关空调！电脑也开着？

高上天：哦，我是……（解释）

江海：林开颜费水，你可太费电了！你的电脑24小时开着我不说你什么！空调你能不能给我关了！

高上天：我这个小程序还没做完，不太稳定，开空调是为了散热。不让电脑过热死机，否则我这个小程序就完了！（以为江海不懂进行解释）

江海:行行行,快去快回!

【高上天才出门又推开门走进来。

江海:怎么又回来了?

高上天:江海,我看门口这个电表快没电了,能不能麻烦你,买个电。我那个小程序……

江海:行行行,我知道了。(掏出手机)

【高上天出门去了。

【卫生间传来林开颜洗澡的水声。

江海:林开颜你洗完了没啊!快点!

林开颜:来了来了!马上!

【江海坐下开始买电。

【忽然有人敲门。

江海:高上天你能不能行啊!

【樊花拎着高跟鞋,光着脚走进来,手里还拿着一瓶酒。

江海:樊花?你喝酒了?(赶紧放下手机去搀扶)

樊花:我没喝酒!(拎着酒瓶又灌了自己一口)

【江海把喝醉的樊花拖到沙发上。

樊花:(要吐)呜呜!

江海:别吐沙发上!(拉着樊花去卫生间)

【樊花在卫生间里,剧烈地呕吐。

江海:哎哟,这是喝了多少啊!

【林开颜从楼上下来,好奇地看着。

林开颜：哎呀，这是怎么了啦？小姐姐怎么了？

江海：樊花喝多了。

林开颜：喝多了？想不到她还会喝酒，大白天的居然喝这么醉。

江海：准是遇到不开心的事了，为什么不开心都要喝酒呢？真没创意！

林开颜：大概是因为喝酒成本低呗，一喝就晕，在这种自虐的过程里释放痛苦。（诡秘一笑）她肯定失恋了！

江海：啊？你怎么知道？

林开颜：这几天夜里她都和男朋友打电话吵架啊！（抱怨）海哥哥，你这房子看着不错，隔音却不怎么样！

江海：没有的事儿！

【卫生间传来冲水声，两人闭口不言。

【樊花神色憔悴走出来。

樊花：江海，你会喝酒吗？

江海：会喝酒吗？爷们儿不喝酒，白来世上走！（忽然反应过来）不过今天不能再喝了！

樊花：为什么？

林开颜：他不会陪你喝的。不就是失恋吗，你这个鬼样子，真喝死在这儿，他的房子以后租给谁啊！

【樊花愣住了，没想到林开颜直接揭开了自己的伤疤。

樊花:(红着眼睛)是啊,我就是喝死在这里又有什么用。(瘫倒在沙发上)

江海:哎哎哎,花儿,想开点! 开颜,都是好姐妹,这时候你得劝劝,就别再给樊花心里添堵了!

林开颜:(笑嘻嘻)别看我年纪小,我可是见多了。失恋嘛,根据我的经验,不要说什么想开点儿,没用的,随她胡闹,过几天心疼的劲头过去也就好了。

樊花:过几天就好了,那么多年的感情,过两天就全没了……(哭)

江海:(对林)你快劝劝! 我就见不得女孩子哭!

林开颜:你去给她泡杯热水,加点蜂蜜,我看着她。

江海:看住了啊!

【江海去倒水。

林开颜:其实没有什么大不了的,小姐姐。

樊花:叫我樊花! (不悦)你偷听我打电话?

林开颜:你嗓门那么大,用得着偷听吗,要我说啊,早该分!

樊花:你知道什么啊! 我俩从上大学的时候就在一起了。快毕业的时候,我为了他放弃了出国的机会,放弃了父母给我安排的工作,我爸要跟我断绝关系了! 天哪! 你每天晚上不睡觉,都在听我打电话吗?

林开颜:我都没有嫌弃你打电话太吵呢!

樊花:我为他放弃了一切,从老家跟着他来北京发展!我来北京一年了,我妈都没给我打过一个电话!可到头来,他居然要跟我分手,他背叛了我……

林开颜:他劈腿了?

樊花:没有,他不是那种人!

林开颜:分手而已,谈不上背叛吧,你应该高兴。

樊花:高兴?!我男朋友要和我分手,我还应该高兴?!(站到沙发上喊叫)

江海:花儿,下来,新沙发硌脚!

樊花:我跟他在一起六年了!

林开颜:这和时间没关系,不合适的人早晚是要分开的。就算今年不分,明年也得分,七年之痒嘛!工作比他好,赚得比他多,还为他放弃了那么多机会,你男朋友早就受不了你了。不管是哪一个男人在你身边都会有压力,你的优秀显得他们都太没用了。

樊花:所以他才要和我分手?凭什么啊?!

林开颜:凭什么?你是女王啊?你每月赚一万多块,我没听错吧?那男的每个月才四千块,房租都付不起,我没听错吧?你有没有想过他的感受?在这段不平衡的关系里,你觉得这样的关系能长久吗?(翻白眼)我可是在劝你!小姐姐!

林开颜:你看看你自己啊,学历高又聪明,还是混金融界的！什么男的找不到？要我说呀,你就是犯贱！

樊花:犯贱？你说谁呢！

林开颜:说你呀！哎哟,你们这些人真是学习学傻了,什么适合自己都不知道！合适就是在一起甜蜜蜜,不合适就是他要跟你分手,你在这儿哭哭啼啼没完没了,这就是犯贱！

樊花:是！我们这些人就是不懂！哪有你懂得多啊！你以为我没听见你打电话吗？成天哥哥长哥哥短的,肯定比我懂男人！

林开颜:我就是比你懂男人,最起码我从来没被男人甩过。

樊花:你当然没被男人甩过！你整天穿成那样,不检点！

林开颜:你胡说什么！

樊花:不检点！

林开颜:你说什么,再说一遍！

樊花:不！检！点！bù！jiǎn！diǎn！不检点！

【两人剑拔弩张,吵起架来,一副要打起来的架势。

【江海拿着水上来,看这阵仗,赶紧打圆场。

林开颜:海哥哥!!你看看她欺负我！

樊花:看着没？又开始了,哥哥长哥哥短！成天就知道哥哥,哥哥,哥哥!

江海:樊花!放下酒杯!喝水!喝白开水治百病!开颜!行了!少说几句!

【三人扭打在一起。

【高上天回来了,见大家都在客厅,有些奇怪。

江海:老高,老高!你可回来了!快帮我劝劝吧!

林开颜:海哥哥!(哭哭啼啼)

高上天:哦,好。(兀自走向厨房)

江海:哎呀,你真是——快去啊!怎么跟榆木疙瘩似的!

【厨房传来高上天开抽油烟机的声音。

【忽然停电了,屋里一片黑。

林开颜:(害怕)啊!

江海:怎么回事!

高上天:(大喊)停电了!我的电脑!

【高上天从厨房冲出来,进自己的房间。

【江海拿出手机打开手电去楼道看电表,片刻就回。

江海:坏了坏了,我忘了买电了。

高上天:(恼怒地冲出来)我的小程序!

江海:不好意思,刚刚一岔我给忘了!我马上买,我马上用手机买!

高上天:晚了!(打掉手机)

江海:你干吗。还想动手?

高上天:你知道我为了这个小程序花费了多少心血,你知道会带来什么样的后果吗?

江海:我刚刚不是说了吗?我不是故意的。你有什么损失我赔!

高上天:你赔?你赔得起吗?我告诉你江海,就你这种游手好闲不务正业的根本不会懂得我们的辛苦,像你这样一辈子注定一事无成!

江海:你有完没完啊?我说了我不是故意的!你别以为你了不起,你那些破程序我分分钟就能写出来!

高上天:你写啊,你写啊!

林开颜:哎呀,你们不要打啦!樊花快出来他们打起来了!

【江海和高上天推搡时,打到了林开颜。

林开颜:哎哟!(崴脚了)

樊花:(咆哮)够了!

【暗转。

【紧接前场,凌晨。

【起光。

【四个人围坐在地上,点着蜡烛,喝啤酒吃话梅。

【林开颜手机铃声响。

林开颜:(接听,发现是推销的广告)不办!没钱!

【静场。

林开颜:呀,星星!(见大家都没反应,只好和江海交流)海哥哥!看!好多的星星!

江海:嘿,还真是,有日子没见过这么多星星了。

林开颜:城里面的灯光太亮了,显得星星都不那么亮了。在我们老家,一过晚上七点,最亮的只有天上的星星。

江海:我小时候,天上的星星也特多,改天我带你们去颐和园看星星!咱们四个站在十七孔桥上!一人四个孔!

林开颜:好啊!好啊!哪天去?

江海:(见只有林开颜接话,顿时觉得很扫兴)改天吧!

【静场。林开颜试图打破尴尬的气氛。

林开颜:海哥哥,你叫江海,是因为生在海淀吗?

江海:对啊,我爸爸妈妈姥姥姥爷都是海淀人,这名字是我姥爷给我起的。北京是六朝古都,元代的时候海淀其实是个镇子,附近都是水淀,碧波荡漾,能泛舟划船摘莲蓬吃,所以叫海淀。(越说越兴奋)我们海淀特别大,有好多好吃的,还有好大学。我小时候就经常想,我以后是上清华还是北大呢,后来发现,是我想多了!

林开颜:(拍拍樊花)哈哈哈!小姐姐,你说他逗不逗?

樊花:你们俩无聊不无聊!(忧伤)屋里怎么这么黑!

林开颜:你怕黑啊?这么多人有什么可害怕的,你就这么没有安全感吗?

樊花:来北京之前我想到了两个人会有一段手拉手度过的黑暗日子,没想到这么黑!我找不到安全感,也找不到路。我好累啊,我觉得浑身的力气都用光了。(又要哭了)

江海:哟哟,快打住!林开颜,你就别招她了,好不容易不哭了。

林开颜:高哥哥,你怎么一句话也不说,还生闷气呢?

高上天:明明已经买电了,为什么还要费蜡烛呢?

【江海作势要吹蜡烛。

林开颜:哎!别吹别吹!高哥哥你可真不浪漫!

高上天:浪漫?我的小程序没了,我为什么要浪漫。

江海:高工,下个月房租我不收了!算我给你道歉!对不起啊!

【高上天低着头不说话。

林开颜:别这么小气,海哥哥都道歉了。高哥哥,笑一个嘛,已经这样了,索性高兴一点嘛,起码你下个月不用交房租了。

高上天:唉……

林开颜:别唉声叹气的,你们刚才打架害得我摔倒了,脚都崴了,可疼了!我都没唉声叹气,你们两个大男人别叽叽歪歪的。握手言和吧!

【江海主动伸出手,高上天犹豫了一下,还是伸出了手。

江海:(笑)咱们四个也同居了这么长时间,各忙各的,也没时间好好聊一聊!今天也是老天给我们一个机会,能让咱们秉烛夜谈!你们都是怎么来的北京?说真的,我每天看你们几个睁开眼就去上班,下班回来累得跟狗似的……

众人:你才是狗!

江海:我是单身狗,汪汪!我挺佩服你们的,换成是我,早崩溃了。

林开颜:你是北京人,你不懂,我们这些北漂,哪个不是一肚子苦水,一肚子伤心啊!

江海:我看你是一肚子洗澡水!

林开颜:海哥哥就爱挤对我!你怎么从来不挤对小姐姐?

江海:我倒是想挤对,我们花儿那么好看,我哪儿舍得!这样吧,咱今天就来个江海有约,"说出你的故事"怎么样？

樊花:你想知道什么？

江海:你们为什么来北京？

林开颜:我先说。我刚来北京那会,也没想到来干什么,或者为什么来,反正这儿总比老家好。我呢就想以后有钱了开家餐厅,自己当老板,做什么都行,就留在宇宙的中心——大海淀扎根了！

樊花:你这梦想倒挺简单粗暴。

林开颜:你有意见啊！哼！海哥哥,你呢？

江海:我的梦想就是自由自在,想干吗就干吗。

林开颜:这算什么梦想？

江海:自由自在多难啊。人啊,最厉害的不是想干什么就干什么,而是不想干什么就不干什么！你们想想,每天要干多少自己不喜欢干的事？

林开颜:对对对,我最不喜欢的就是每天穿着高跟鞋挤地铁！

樊花:说得太对了！每天挤早高峰地铁,出门还找不到共享单车,还没上班就消耗了一天的好心情。每天面对那些油腻的中年大叔,不停给他们改方案,还要保持微笑回答各种幼稚的问题！实在是太讨厌了！

江海:对！我最不喜欢的就是天天吃我妈饭店里的酸菜鱼！

林开颜:啊? 你妈是开饭店的,在哪啊?

江海:城八区都有,你问哪个?

樊花:哎! 提你打折(zhē)吗?

江海:提我能打折(shé)!

林开颜:那什么时候请我们去吃啊!

江海:我见着我妈都要绕着走!

樊花:高工,你呢?

高上天:我现在最不喜欢的,就是停电。

【气氛顿时又尴尬了。

高上天:(努力挤出一个笑容)我开玩笑的! 我们……喝一个?

江海:你可吓死我了! 喝一个!

林开颜:干杯!

【四人干杯,气氛终于缓和了。

樊花:该我了。我的梦想就是遇到一个相互理解、相互支持的人,组成一个温暖幸福的家庭。

江海:花儿,你看我——

樊花:你不是我的菜。

林开颜:(故意)啧啧啧……小姐姐,我还以为你要称霸金融界呢!

樊花:这又不矛盾! 兼顾事业和家庭,把生活中的一切都打理得井井有条,这就是我奋斗的目标! (转移话题)江海,你呢?

江海：我小时候也有看得见摸得着的梦想。我想做机器人，做一个能天天陪着我，给我做饭吃，给我开家长会，带我玩海盗船的机器人。

林开颜：嚯！你这是要做一机器人啊，还是要做一妈啊？还给你开家长会？太不靠谱了！

江海：(耸耸肩，并不想继续这个话题)你们等着吧，我早晚能吓你们一跳！高工你呢？

高上天：我是上大学的时候来的北京，学费都是乡亲们凑的。我大概是我们村唯一的研究生。我希望我妹妹也能有一天来北京上大学！所以，我只能一个一个代码地写，一个一个软件地做，我要努力过得好，不然对不起他们。

樊花：为了乡亲，为了爸妈，为了妹妹，那你自己的人生呢？

高上天：有些人注定是没资格做梦的，我必须脚踏实地。我不能那么自私，只要我有出息，我欠全村人的债就还清了。

江海：哥们儿这话聊太深了啊，我给你指一明路！保证你立刻就成功！

高上天：什么啊？

江海：当厨子啊！

樊花：对，高工做饭真的很好吃。

林开颜：啊，我不想吃这话梅了，越吃越饿！高工!高工我想吃你做的鱼香肉丝。

樊花:还有那个水煮肉片!

江海:宫保鸡丁!

高上天:好好好!我现在去做!(故意)做个——西红柿炒鸡蛋!

江海:嘿!逗我们玩儿呢!

【高上天走进厨房,江海和樊花跟进去帮忙。

林开颜:(舒服地躺在沙发上)我就等着吃喽!

【收光。

第三场　水深火热

【起光。
【一个月后。
【闷热的夏天午后。
【高上天坐在客厅,拿着笔记本电脑在工作。

高上天:(打电话)喂,我是高上天,昨天给你们公司发过简历!……哦……这样啊……那如果以后需要人,请考虑我。谢谢……

【林开颜焦躁地推开门,在客厅里打转。

林开颜:热死了!热死了!(打开空调)你怎么不开空调!

高上天:省电。

林开颜:(烦躁地乱走,磕到了沙发角)哎哟!磕死我了!今天真背!我就提前走了半个小时,就被查岗的经理发现了！我现在和你一样是无业游民了！

高上天：哦。你怎么知道我没工作了？

林开颜：唉,高哥哥,我是谁呀！

高上天：请你帮我保密。

林开颜：为什么不告诉江海,都是他的错,你被开除都是他的错！

高上天：没必要。

林开颜：没必要？你可真是个怪人！江海呢？

高上天：出去了。

林开颜：(迅速想出一个主意)你看,咱们俩都失业了,收入不稳定,是吧？

高上天：嗯。

林开颜：所以啊一会儿等江海回来,咱们和他聊聊,让他降一点房租！

高上天：不好吧。

林开颜：他害你丢了工作,应该补偿你。

高上天：他这个月没收我房租。

林开颜：一个月房租才几千块,一份中关村知名软件公司的工作值多少钱？

高上天：可是……

林开颜：死要面子活受罪,你不去？我去！做人最重要的是省钱,省了钱就会开心。(上楼去)

【高上天看看空调,拿遥控器关上了空调。

【樊花从外面回来。

樊花:怎么家里也这么热?怎么不开空调?

高上天:你回来了。(递上一杯水)

樊花:谢谢!(一饮而尽)

林开颜:哎?!我回来怎么没有这个待遇!

樊花:要不然你也喝口?

林开颜:唉,我还是去洗澡凉快凉快吧!

樊花:(拿出一个名片)这是我的一个客户,专门做小游戏上线的,我向他推荐了你,有兴趣可以去试试。

高上天:你也知道了?

樊花:是开颜告诉我的。

高上天:……谢谢你,不用了!

樊花:(叹气,收起名片)好吧,我先上去了。

【高上天望着樊花的背影,沉默片刻,回到了自己屋里。

【江海回来了,满屋子乱找,翻来翻去。

江海:哟!今天休息啊!

高上天:嗯!

江海:我手机呢?我一出门就发现没拿手机,浑身不自在!奇怪,我明明记得带了啊。

高上天:我给你打一个。(拿出手机打电话)

【卫生间传来电话铃声。

江海:早上我上厕所忘拿了!(走向卫生间)

高上天:哎!里面——

【卫生间传来林开颜的尖叫声。

高上天:有人……

江海:(跑出来)哎哟,哎哟!

林开颜:(包着浴巾冲出来)你怎么不敲门啊!

江海:谁大白天的洗澡啊!再说了!我进自己家卫生间,凭什么还敲门啊!

林开颜:我付房租了!这卫生间我也有四分之一!你就这样闯进来——(话锋一转)你得补偿我一下!

江海:你什么意思?

林开颜:在我洗澡的时候你擅自闯入,下个月房租打八折!

江海:你这不是碰瓷吗?八折?全是雾!我什么都没看见!

林开颜:你还想看见什么!(故意)哼!(回卫生间)

【高上天忍不住偷偷笑。

江海:哟,你也会笑啊!我还以为你是石头做的呢。八折?我看见什么了就给她打八折!我让你白住得了!(忽然意识到高上天在一旁)嘿嘿,哥们儿,不是说你,不收你房租我是自愿的!

高上天:哦。

江海:我昨天在海龙看见你在帮别人整电脑,你是不是在那赚外快啊?

高上天:哦。

江海:别这么酷好不好?这里又没有姑娘!以后有什么事跟我说!

高上天:谢了。

江海:上次你那小程序怎么样了?

高上天:补上了。

江海:哎哟喂,那就行了!(顺手拿起高上天的吉他玩儿)其实啊,你那个小程序有问题!

高上天:你偷看我电脑?

江海:没有啊。

高上天:那你怎么知道的?

江海:(比画敲键盘)打游戏时瞥了一眼。

高上天:(恍然大悟)你黑进我电脑了?!你什么意思!

江海:好奇嘛,我又没盗你账号,看看而已嘛。你在工程初期肯定就欠考虑,代码写得超古板,(低声)和你的人一样。程序员的性格会影响程序的品质。

高上天:你还真学过编程啊!

江海:一点点。iOS和安卓还都会点儿。

高上天:那你为什么天天在家里待着?

江海：我不在家里待着去哪儿待着？

高上天：我是说，你为什么不去工作？iOS和安卓的程序都能写，这很厉害。

江海：嗨，写程序又不难，什么人写什么程序。我这种懒癌末期的人，写的程序也对社会发展、人类进步没有意义。

高上天：你没试过怎么知道没意义？

江海：反正我什么都不想干，你管不着！你还是管管你自己的破程序吧！

高上天：我知道我做的程序有问题，但是起码那符合公司要求，可以让我有一份收入不错，养得起妹妹的工作。

江海：为什么活得那么辛苦，整天就是养家养妹妹，那你自己的人生呢？

高上天：我没资格想这些。

江海：梦想和资格没有关系。

高上天：你懂什么？你过过苦日子吗？

江海：没错，我是纨绔子弟！我知道你们都这么看我。切！懒得和你们这些爱讲人生道理的人说废话。算我多余，还懒得管你闲事儿呢！

高上天：你还是先管管你自己吧，不出去工作，整天游手好闲不务正业，在我看来，就是浪费生命。

江海：你少教育我！

高上天：你们这些城里人就这样,不懂得别人要付出多少努力才能活得稍微好一点。

江海：看我不顺眼是吧,别租我房子啊！我就是大傻帽,跟你有关系吗？中关村的房子贵！你租不起别租啊！

高上天：你！！

江海：下个月你就走！我租谁不是租啊！我告诉你！中关村就是个大舞台,有本事的就光鲜亮丽活得好,没本事就趁早滚蛋！

【高上天抢回自己的吉他,夺门而出。

【樊花从二楼冲下来,愤愤不平。

樊花：江海你太过分了！上天因为停电那件事被公司开除了！

江海：啊？他怎么不跟我说呢！

樊花：你真是太过分了！（追了出去）

江海：瞧我这破嘴！我这人就是——

【林开颜拿着手机走来。

林开颜：嘴太欠。海哥哥,你的手机,一直在响,我就替你接了。

江海：卖保险的还是卖房子的？

林开颜：鱼美人。

江海：坏了！（紧张）你和她说什么了？

林开颜：这么紧张,心上人呀？声音还挺好听,就是凶巴巴的。

江海：那是我妈！你没胡说八道吧？

林开颜：我什么都没说，她一听电话就很不高兴，问我为什么会接你的电话。

江海：你怎么说？

林开颜：我就说，我住这儿啊。

江海：完了完了，你怎么能这么说呢！

林开颜：那我怎么说？我确实住这儿啊。然后，我正要想问她找你什么事儿，你妈就——

江海：我妈就怎么着？

林开颜：挂了。

江海：哎哟，这下可坏了！

林开颜：海哥哥，看不出来，你还是个妈宝呢，这么害怕妈妈呀！

江海：你知道有一种冷叫你妈觉得你冷吗？总是逼我干我不愿意做的事！

林开颜：我懂。我妈也这样，真是同一个世界同一个妈啊！

江海：以后别乱接我电话！会出人命的！

【江海气呼呼地要回屋。

林开颜：海哥哥，原来我们是同病相怜呢！下月房租八折，记得哦！（转身走了）

江海：趁火打劫！

【樊花追到室外,高上天坐在小花园自弹自唱。

高上天:(唱)我从来都只会傻傻奔跑

　　　　不知所有结局早已写好

　　　　泪水偶尔从眼眶里出逃

　　　　把手插进口袋假装自豪

　　　　念念不忘是梦想的拥抱

　　　　但为何日子会如此难熬

　　　　南方的烟雨北方的苍茫

　　　　是不是梦里花开的海上

【樊花在高上天身旁坐下,高上天看到是她,默默地不说话。

樊花:为什么不告诉江海工作的事?

高上天:他已经给我减免一个月房租了,没必要让他心里总是过意不去。

樊花:果然是这样!你人真好!

高上天:(摇头)光做个好人有什么用?

樊花:当然有用了!你的努力上进,还有对家庭的责任心,时时刻刻都在给别人传递温暖!咱们相处的这几个月下来,我感觉我们之间已经很熟悉了,好像已经认识很久了!(小心翼翼)我给你介绍的那个公司,你真的不打算去试试吗?

高上天:这么多年,我都是单打独斗过来的,我不想麻烦别人,我想靠自己!

樊花:我尊重你的选择!唉……为什么你们男人都觉得接受女人的帮助会伤害自尊心呢?

高上天:你为什么这么说?

樊花:我之前的一个朋友……好吧,就是我以前的男朋友,和你一样,就是因为我为他找了一份工作就和我分手了。

高上天:我听说了。

樊花:其实就是两个人互相帮助,和自尊心根本就没关系。

高上天:你说得没错。

樊花:是吧!我虽然难受,但也觉得分开是正确的。我真的不明白,为什么女人就不能比男人强呢?!

高上天:是啊,其实我们都一样!你看你工作的劲头,一点不比男人差!

樊花:他们都叫我灭绝师太!

高上天:啊?灭绝师太?那你会冰魄银针吗?

樊花:那是李莫愁!

高上天:《天龙八部》里的?

樊花:《神雕侠侣》!

高上天:古龙写的?

樊花:金庸!

高上天:我知道。

【两人对视片刻,笑了。

高上天:樊花,你为什么要和我说这些?

樊花:你和他很像。

高上天:他?

樊花:前男友。都是很优秀又很要面子的人,死要面子活受罪。为什么不能坦然接受一些善意的帮助呢?

高上天:我不需要同情和可怜,也不需要别人的施舍。

【樊花笑了。

高上天:你笑什么?

樊花:看看看,这句话他也说过。唉,我想告诉你,别拒绝别人善意的帮助,不是所有事情都靠自己取得成功才光宗耀祖,学会合作也是一种本事。

高上天:谢谢你告诉我这些,我明白了。(犹豫了一下)我也告诉你一件事。

樊花:你说。

高上天:对男人来说,从心爱的人口中听到自己的缺点,比死还可怕。

樊花:真的吗?难道爱一个人,不该对他实话实说吗?

高上天:人都喜欢听假话,说实话的人很残忍。

樊花:残忍……我真是太傻了。可能,我真的不够爱吧。他一定很恨我。

高上天:也许你男朋友,只是觉得你真的太优秀了,想还你自由。而且你为他做的牺牲,他或许承受不起。

樊花:(愣了一下)我懂了。

【这时,天空飘起蒙蒙细雨。

高上天:(看天空)下雨了。

樊花:那我们回去吧。

高上天:樊花!

樊花:嗯?

高上天:刚刚那张名片——

【樊花笑着拿出名片。

【高上天接过名片。

【雨越下雨大,雨声中夹杂着阵阵闷雷。

【收光。

第四场　机会来了

【几个月后,秋天,周五的傍晚。
【房间里没人,黑着灯。
【林开颜坐在楼梯上打电话。

林开颜:妈,您别再逼我了!我不会回去的!不能为了弟弟来牺牲我的幸福!我也是您的孩子啊!……钱我会按时寄回去的!我把所有钱都给您寄回去!……不行!妈,您真的别逼我了!(挂电话)

【这时,有人开门,林开颜急忙跑回楼上。
【江海回到家,打开灯。

江海:妈,您别逼我了!我不想出国。我不想出国!相亲?!您行不行!都什么年代了!我不去!……不管是出国还是继承您那酸菜鱼还是相亲,一件也不行!我不愿意做的事,您说出天也不行!哎哟,妈您

别逼我了行不。(挂电话,气得回屋了)

【林开颜从二楼偷偷下来,看了看江海的房间,露出一个意味深长的笑容。她慢慢回到二楼。

【樊花回到家,开灯,拿起桌上的啤酒喝了起来。

江海:(从房间出来)哎!你怎么又喝酒啊!你不会又失恋了吧!

樊花:我失业了。

江海:啊?!你也失业了?

樊花:(忽然笑了)江海,你这房子是不是风水不好?!

江海:没有的事啊!

樊花:为什么住这儿的人都会丢工作!

江海:这锅我可不背。

【高上天回来,喜形于色。

高上天:我回来了!告诉你们一个好消息!我找到新工作了!

樊花:真的!恭喜你!

江海:你找了个什么工作?

高上天:负责开发一款手机终端的小游戏,核心玩法、规则都策划好了,我只要完成 Demo 就可以了。

江海:然后 Early Access?

高上天:没错,只要通过 Early Access,打打补丁就可以上线了。

江海:太好了。

樊花:你们能说点我听得懂的吗?

高上天:就是把游戏的小样放到网上试玩,检查一下有没有大的漏洞。你手机上的程序不是经常要更新吗?就是要修补这些漏洞。

樊花:没听懂。

高上天:总而言之,做这个游戏我很有把握。

樊花:太好了,恭喜你!

江海:你怎么找着这工作的?

高上天:樊花介绍的。

江海:(酸劲儿十足)哟,花儿介绍的。

樊花:嗨!你到底要做个什么样的游戏呢?

高上天:益智类小游戏吧,还有一些幽默的成分。现在这种游戏特别流行!

樊花:(惊讶状)幽默!那对你来说还有难度。你这个人什么都好,就是缺乏幽默感。

高上天:我没有幽默感吗?

【江海使劲点头。

樊花:那这样你讲个你觉得最好笑的笑话给我们听听。

高上天:最好笑的!有了!有一天小明从20楼被人扔了下来,为什么没有死?

江海:因为他很幸运!

樊花:因为他很坚强!

高上天:错,因为小明是个饭盒!小明是饭盒!啊哈哈哈!

【江海和樊花面无表情。

高上天:不好笑吗?我还指着这个笑话过一辈子呢!

樊花:(被这句逗笑了)哈哈哈哈,哎!我也给你们讲个笑话!有一天,有一个绿豆想不开跳楼了。后来,它变成了——红豆!(哈哈笑)

高上天:(紧接)然后它经过10个小时的暴晒,变成了黑豆!

樊花:(越讲越兴奋)然后,它的老婆出轨了,它又变成了绿豆!

【樊花、高上天一起大笑。

【江海打了个冷战,撇嘴,完全不觉得好笑。

江海:上天,我这有(拿出手机)一个游戏。(略停)我一哥们儿做的,你玩儿一局。

高上天:这什么游戏啊?这游戏的画风有点浮夸。

江海:你别管画风,就是一个游戏的试玩版。你就说,好不好玩!

樊花:(凑过来)好凶残的老阿姨!

高上天:切生鱼片啊?

樊花:呀,薄了,厚了!这就死了?再来一局!

高上天:啊,闪退了。

江海:啊?(不甘心地拿回手机研究着)怎么会闪退呢?

樊花:还挺好玩的!

高上天:(忽然问)你给我玩这个什么意思?

江海:没什么意思。我就想说,游戏而已!哪有那么多教育意义。我觉得吧,游戏的策划和设计比技术重要。游戏,必须有意思,通俗点说,还记得前几年那个偷菜和停车位吗,多简单的代码游戏,就是创意好。所以说吧,做游戏必须得脑洞大。

樊花:创意的出发点是最重要的。你想想看啊,如果你妹妹在手机上玩的游戏是你设计的,那你会是什么感觉。

高上天:对!那我一定特别高兴!

江海:那你就从你最熟悉的地方下手,咱妹妹喜欢什么?

高上天:她喜欢花儿。

江海:(嘀咕)哼,和她哥一样!

樊花:那你就做个和花有关的游戏!

江海:最重要的是一定要有创意。

樊花:对,别着急,我们都可以帮你想办法,众人拾柴火焰高嘛!

江海：谢天谢地，这房子里可算有个人有工作了！我就说不是我房子风水的问题吧！

高上天：什么意思啊？

江海：花儿今儿失业了。

樊花：同事给我下黑手，剽窃了我的企划书。我一怒之下就辞职了。

江海：太冲动了，真是同事剽窃了你的，咱可以找证据告她。要不这么着，我跟老高帮你黑了她的电脑？

高上天：嗯！

樊花：不用了。其实也是我自己不想干，本来我也不喜欢这份工作。压力大，还没意思。

江海：那你想干什么？

樊花：我想好好学英语，出国深造一下。

高上天：出国？

樊花：对了江海，你英语不是不错吗？能不能帮我补习一下？

江海：（听见出国有点逆反）也就那么回事吧……

樊花：嗯，我可以给你费用。

江海：不是这个意思，唉，我那英语水平就那么回事。

樊花：好吧，那我就去报英语班！

高上天：樊花，你没事吧？

樊花：我没事。

高上天：你有事一定要跟我说！

樊花：好好好，放心吧。你看我现在多好啊，有那么多时间可以做自己喜欢的事情，我还可以给自己放一个长假，自由多好啊！

高上天：我的意思是，如果你有需要我帮忙的你一定告诉我，让我做什么都可以！

樊花：干什么都行是吗？我还真有个要求，你能把你上次没唱完的歌再唱一遍吗？

高上天：好！

江海：哪首歌？花儿，有情况！

【高上天接过吉他，拨弦，调了调音，有些不好意思。

高上天：（唱）（原创歌曲《梦里花开》）

我从来都只会傻傻奔跑

不知所有结局早已写好

泪水偶尔从眼眶里出逃

把手插进口袋假装自豪

念念不忘是梦想的拥抱

但为何日子会如此难熬

南方的烟雨北方的苍茫

是不是梦里花开的海上

花开了,开得那么美那么疯
像我不曾彷徨的心灵
花落了,落得那么静那么轻
像我从不动摇的坚定

孤独时躲在黑暗的角落
没有谁愿意看寂寞的我
那些念念不忘的旧时光
时间带不走的只有流浪

纵然花朵永远不会绽放
但它依然渴望雨露风霜
假如梦想真的没有光芒
我也依然愿意为它痴狂

【一曲终了,大家都不说话。

江海:天天!我发现你一直在给自己的人生设计障碍!你说你做饭这么好吃,不当厨子,唱歌这么好听,不去参加选秀,偏偏选择做程序员敲代码,你有病吧!

高上天:我大学学的就是编程,毕业后就应该当码农啊……而且,编程挺有意思的。

江海:我跟你开个玩笑,你看你这个认真劲儿。

高上天:既然我有了新工作,今天晚饭我请客吧。

樊花:你还没拿到工资吧?算了吧,还是煮点速冻饺子什么的吧。

高上天:行!

樊花:我来帮你!

江海:哎,等会。咱们今天这么热闹半天,林开颜怎么没动静啊?开颜!开颜?吃饺子啦!

樊花:她最近好像神神秘秘的,不知道在干什么,有时候还半夜哭,大概也是遇到什么难事了吧。她不喜欢我过问她的事,你们这些男人,多关注一下失意少女吧。

高上天:你还是多关心一下失意少女吧!

江海:嘿,谁来关心关心我这失意少男啊。(拿起手机研究)怎么会闪退呢?

【暗转。

【江海在客厅戴着耳机看恐怖片,紧张兮兮的。

【林开颜蹑手蹑脚从楼上下来,悄无声息站到江海身后,她的头发披散着,穿着白色的睡裙。

江海:(脊背发凉,回头一看)啊!

林开颜:别喊!是我!

江海:大姐!干什么啊!大半夜的!吓死人啊!

林开颜:什么大姐!我才23岁!你看恐怖片呢?

江海:很吓人!一起看吧?

林开颜:我睡不着,想和你聊聊。(用遥控器关电视)

江海:你是不是又要跟我说减房租的事?我说妹妹,你不带这样坑人的。你看你上个月丢工作,我就收了你500元,你不能可我一人坑啊!

林开颜:房租我会按时交的。

江海:那就行,说吧,什么事啊。(拿起杯子喝水)

林开颜:海哥哥,你是不是喜欢樊花?

江海:(一口水喷出来)没有!

林开颜:我看得出来,你喜欢她。

江海:有这么明显吗?

林开颜:你没看出来樊花喜欢高上天吗?

江海:你也看出来了啊。

林开颜:所以啊,你俩不合适。你死心吧!

江海:怎么不合适?

林开颜:樊花要的安全感你给不了。你需要一个成熟稳重,能照顾你、照顾家的女人。

江海:干吗,你也要给我介绍对象?

林开颜:你喜欢什么样的姑娘?

江海:(没正经)漂亮,身材顺溜的。

林开颜:你看我怎么样?

江海:(又吓了一跳)哎哟,我去……不带这样的,句句吓人啊!

林开颜:我不够漂亮,我不顺溜吗?

江海:这和漂亮不漂亮没关系。我没对你打过主意。你不会是认真的吧?

林开颜:我是认真的。

江海:不是不是,我对你就没这个心思。

林开颜:但我对你动心思了!我不会拿这种事开玩笑。海哥哥,这几个月同居下来……

江海:注意你的措辞!

林开颜:这几个月相处下来,我发现你人特别好,善良又热心。

江海:没这么好。

林开颜:而且,你很需要人照顾,我愿意照顾你。

江海:别别,大姐,你喜欢我哪,我改还不行吗?

林开颜:我不是大姐,我只有23岁!

江海:(尴尬)大姐在北京话里就是个称呼,不是说你年纪大。

林开颜:不管我年纪多大,我真的喜欢你!

江海:这天儿聊得好尴尬。我知道了!你和他们打赌是不是?这就是个恶作剧!对!我认输行吧?下月房租我给你打折!

林开颜:我不是为了钱!我知道,你们都对我有偏见,觉得我拜金,心眼多,可我除了想办法少给你点房租,没做过什么坏事吧?

江海:听来听去还像要减房租。

林开颜:海哥哥,你不要老是装作一副什么都不在乎、玩世不恭的样子好不好。其实我知道你有追求、有理想,只是你不知道该怎么实现!你很迷茫,很渴望有人陪你找到前进的方向!我们都想奋力一搏,又担心失败!我能感觉出来!你需要有人陪着你!鼓励你!

江海:哎哟,咱不聊了行吗?我困了!我去睡觉了!(要跑)

林开颜:江海……

江海:(转过来)哎!你别哭啊!

林开颜:(坐在楼梯上)江海,我来北京这么久,一直没什么朋友。我有很多心里话,都没人可说。这段时间,我们住在一起,我觉得你特别阳光,和你说话特别开心。哪怕吵两句嘴,我都觉得特别开心!我是真的喜欢你,你真的对我一点感觉都没有吗?你别看我大大咧咧的,其实我挺累的。我不想一直搬家、换工作,可我没办法。我停不下来,好像被海浪推着走,不得不一直向前,可我都不知道前面是什么。有时候,我真想找人说一说心里话,真想每天回家的时候家里的灯是亮着的,有人在等我……我是想了很久才向你表白的……如果你讨厌我,你就直接告诉我,我可以接受。

江海:我……我……

林开颜:说吧,我能接受。

江海:我！好吧,我……不讨厌你！

林开颜:(抱住江海)我就知道！

江海:怎么还动手动脚啊！

林开颜:(有点生气)海哥哥！你怎么回事啊！我这么年轻貌美的,主动给你做女朋友,你不高兴,还唉声叹气的！太伤自尊了吧！

江海:我受的打击太大了。

林开颜:(不悦)打击？我喜欢你怎么是打击呢！

江海:(纳闷)你怎么会喜欢我呢?!

林开颜:我刚才不是说了嘛,你善良、阳光,跟你在一起,我很开心！

江海:你说的这都是套路,你说点儿特别的我听听！

林开颜:……(灵机一动)你游戏打得好！和你组队,我就没输过,这多了不起。

江海:这样吧,咱们来 1 对 1。你赢了,我就收了你,你要是输了——嘿嘿！

林开颜:谁赢谁输还不一定呢！开始！

【两人拿出手机开始打游戏,灯光迅速切换,江海石化了。

江海:天啊!我被 K.O 了!

【暗转。

【第二天早上,闹钟响过,除了江海,其他人都急匆匆起床。高上天随意地穿好衣服,樊花急匆匆化好妆,两人背着包要出门。

【这时林开颜从外面回来,手里拿着早点。

林开颜:早点来了,高哥哥,鸡蛋灌饼和豆浆。

高上天:谢谢!

林开颜:樊花,你的!

樊花:谢谢,今天怎么起这么早,一会把钱转给你啊。

林开颜:好的!

高上天:转完啦。

林开颜:好默契啊!

樊花:走吧!

高上天:你今天什么课?

樊花:今天口语考试。

高上天:那你要加油哦!

【樊花和高上天出门去了,林开颜直接进了江海的房间。江海在床上辗转反侧,看到林开颜,马上弹坐起来。

江海：你干吗？

林开颜：起床啦！我给你买了早点。

江海：不吃，我要睡觉。

林开颜：不吃早点对身体不好。快起来洗漱，一会儿豆浆就凉了，我要出门去喽。

江海：你不是没工作么，干吗还出去。

林开颜：开始关心我啦?！我虽然现在没有工作，但我不能闲着啊。

江海：那你去哪儿工作？

林开颜：你看我这么好的身材，当然不能浪费了！我应聘了一家网店当模特，今天外拍，一天1000元呢！我走啦！

江海：再见！

林开颜：记得吃早点！

【林开颜美美地出门去了。

【江海慢悠悠地起床，一个人在偌大的屋里转悠。他百无聊赖，觉得没意思，在空荡荡的房间重重叹了口气。

江海：唉，一天到晚真没劲！（忽然）我怎么有点想吃酸菜鱼了呢。

【江海回到屋，打开了手机，看着屏幕上自己曾经做过的游戏，笑了。

江海：我妈要是知道，我拿她当原型做了个游戏,非得抽我。(对着手机)您老说我长这么大一件事儿都没干成过,那我就干成一件给您看看!

【江海打开了电脑,手指飞快敲击键盘。

【时间流逝,钟表嘀嗒作响。

【傍晚,江海伸伸懒腰,看看表,不知不觉,他工作了一整天。这时,他的手机响了。

江海:喂,开颜,怎么了?好,你等着,我马上来啊!

【江海跑到室外的小花园,林开颜戴着口罩,神色憔悴。

林开颜:(看到江海就哭了)海哥哥!呜呜呜……

江海:哟,怎么了?别哭啊!

林开颜:我在外面站了一整天,结果一分钱都没拿到……

江海:遇到骗子了?报警啊!

林开颜:是我没拍完,所以他们不给我钱。

江海:没拍完?到底怎么回事?

林开颜:我今天给他们拍照片换了80多套衣服,我觉得他们的衣服质量一定有问题,穿得我浑身痒。我咬牙坚持,到了下午,脸上都起疹子了。我就和老板说,你们的衣服是不是甲醛超标啊?结果他们就急了!赶我走。我当然不走啊!还没给我钱呢!

江海:对啊!没给钱呢!

林开颜:然后,摄影师说,我的脸都肿了,没法拍了。他们就叫了别的模特,硬把我赶了出来。我使劲敲门,他们根本不理我,我就回来了!

江海:(安慰)他们也太欺负人了!(拉着林开颜要去评理)找他们去!哪有这么欺负人的?

林开颜:(站在原地)海哥哥!还是别去了,我怕以后他们再也不给我活干了。

江海:不给怎么了!咱们还不稀罕干呢!以后没有活儿,咱就在家待着,只要有我江海一口吃的,你就饿不着!

林开颜:(感动)海哥哥,你对我真好。

江海:唉,你当时怎么不给我打电话啊!(感慨)你们仨真是都挺不容易的,看着你们仨每天忙忙叨叨的,我就觉得自己躺在家里很罪恶。

林开颜:海哥哥,人生就是受苦的。我现在有房子住,有漂亮衣服穿,能做自己喜欢的事,已经很幸福了。

江海:这可不像你说的话,这么灰心,林开颜可是元气少女啊!你在我心里就是小太阳!

林开颜:什么小太阳啊,海哥哥其实我知道,我觉得我根本就配不上你。

江海:怎么又说这事儿……

林开颜:(吐露心声)海哥哥,你知道吗?我是从老家跑出来的。

江海：跑出来的？

林开颜：我有一个弟弟，我妈生他的时候难产，所以，他脑子有点问题。从小，我爸妈就重男轻女，但我是姐姐，我应该让着弟弟。前些年，家里要给弟弟娶媳妇，可是没人愿意嫁给一个傻子，除非彩礼很多很多。所以，我妈就把我卖了。

江海：啊？卖了？

林开颜：卖给了隔壁村的一个老光棍，四十多岁了，秃头还有点瘸。我不同意，我爸就把我关在柴房里，我妈哭着来求我。我还是不同意，连夜跑了出来。我跑出来的时候，弟弟就站在大门口。我以为他会嚷嚷，结果，他塞给我100块钱……（泪流满面，但依旧笑着讲述）我跑啊跑啊，就来到了北京。我刚来北京的时候，不会说普通话，也找不到工作，后来是一个老乡介绍我到她打工的餐厅刷盘子，包吃包住，我就这样在北京留了下来。我每个月省吃俭用，把钱都寄回老家，那毕竟是我的家。有一年冬天，快过年了，大家都回家了，前厅人手不够，让我去帮忙收钱。可是有一个包间的客人拿假钱来结账，我没看出来，不仅赔了一个月工资，还被开除了。我从店里出来，又冷又饿。我在大街上走啊，在过街天桥上看着来来往往的车，忽然觉得北京真的太大了，这么大的城市为什么没有一个属于我的地方呢？但我告诉自己，我不能再回到老家去，我一定要在大城市留下来。然后，我忽然明白一件事，我必须学会更多本事，要比别人强，这样才能在北京活下来。我就每天往前奔，不停往前走，但我都不知道前面是什么。海哥哥，这些话，我从来没对别人说过，我也不知道为什么想和你说。

【江海沉默地站起来，忽然转身抱住林开颜。

【林开颜愣了一下，然后抱着江海尽情地哭。

【收光。

第五场　何去何从

【一个月后,中秋节。

【早晨,闹钟响过,高上天和樊花又是急匆匆出门去。等他们走了,江海坐在自己房间里的电脑前,打着哈欠忙着什么。

【林开颜走进江海的房间,江海急忙换了个页面。

林开颜:海哥哥。

江海:干吗?

林开颜:海哥哥你出来一下!

林开颜:你尝尝这个!

江海:这是什么?

林开颜:这是湖南的特色,擂茶!

江海:擂茶是什么玩意儿?

林开颜:要把花生、大米、芝麻、绿豆、茶叶一起捣烂,然后再用开水冲,再加上炒米。

江海:哦。这么麻烦,算了吧,别累着你。我喝可乐就行。(开始玩手机)

林开颜:只要你喜欢喝,我就给你做!不怕麻烦的!(见江海埋头玩手机)海哥哥,你是不是真心喜欢我啊,整天玩手机玩手机,一点都不关心我!

江海:行行,不玩了不玩了。

林开颜:你打算什么时候公开我们的关系。都一个月了!难道不应该告诉高上天和樊花吗?

江海:这事儿过段时间再跟他们说吧,我怕吓着他们俩。

林开颜:好,我听你的。我还有件事想和你商量。

江海:你说。

林开颜:我的脸虽然好了,但是我不想继续当模特了,也不想找朝九晚五的工作。我想早点实现我的梦想,不能再浪费时间了。

江海:你要干什么?

林开颜:开店呀!

江海:什么店?

林开颜:饭店我暂时是开不了,开个奶茶铺子还是可以的。

江海:卖奶茶?

林开颜:是啊,在北京开一家店是我的梦想!虽然离餐厅还很远,但总算是走上餐饮之路了。

江海:那能赚几个钱?我也有同学毕业了开店,最后都是经营不善,关门大吉。

林开颜:那是他们不会经营!我做过市场调查,(拿出本子)要么加盟已经成熟的连锁,要么自己创一个品牌!现在开店不光东西质量要好,还得有创意!我想好了,我要颜值最高的奶茶!所有奶茶杯子都是粉红色的!让进来的顾客都觉得自己是小仙女!杯子上要有皇冠!吸管设计成魔法棒!

江海:(敷衍)挺好挺好,我支持!

林开颜:创意虽然有了,但我没有经验,我需要取经。

江海:那你还得去西天,我可不是孙悟空。

林开颜:海哥哥!我说正经的呢!你妈妈不是开酸菜鱼餐厅的吗?还有很多家连锁店!肯定经验丰富,我应该向阿姨取经,学习一下……

江海:打住!你可千万别和她学。以后我左手酸菜鱼馆,右手奶茶铺子,天天泡在鱼汤和奶茶里,简直没法儿活了!

林开颜:起码你也得带我去阿姨店里看看,算是业务考察吧。

江海:(嘴甜地敷衍)改天再说吧,我记着这事!

记住了!

林开颜:又敷衍我。

江海:没有!绝对没有。

林开颜:那等我的奶茶铺子开张了,你可不可以给我做一个点餐系统。我打听了一下,现在市面上的点餐系统太贵了。你也是学计算机的,又这么聪明,这对你来说不难吧?

江海:不难不难,我一边打游戏一边就做完了。

林开颜:江海,你也是学计算机的,为什么不和高上天一起开发软件?

江海:人各有志!小爷志不在此!你快去准备准备,他们要回来了!

林开颜:那我继续做饭去了!你先把擂茶喝了吧!等他们回来,咱们就开饭!

【高上天和樊花特别疲惫地回来。

江海:你们怎么才回来啊!

高上天:真丰盛!都是开颜做的?

林开颜:当然,这可都是我的拿手菜!小炒牛肉,臭豆腐,标准的湖南菜!

林开颜:快去洗手,你们今天有福气了!

【樊花和高上天去卫生间洗手。

江海:我先来一块排骨!

林开颜:(轻拍江海的手)等一下!我还没有自拍

呢！来，自拍一张！

江海：茄子！

【林开颜搂着江海，脸贴着脸。

江海：哎哎哎！（闪躲）别让人看见！

【樊花和高上天回到客厅。

【四人围坐在桌前。

樊花：好香啊！

江海：我早饿了！快吃吧！（动手）我先来碗儿汤！

林开颜：（抢过汤匙）我来！（给江海盛汤，还不忘细心地吹吹）吹一吹，凉得快。

【高上天傻乎乎端着碗等着，林开颜并没有给他盛汤的意思。

【樊花见了接过碗，给高上天盛汤。

林开颜：海哥哥来，别烫着！

江海：（尴尬）饭前喝汤苗条健康！

樊花：（笑）嗯！苗条！健康！

林开颜：你们今天怎么回来这么晚啊？

樊花：今天下课晚，上天等了我一会儿。

【江海赶紧举杯转移话题。

江海：（举杯）今天咱们一起庆祝高上天同学辛苦好几个月的游戏"神奇小花仙"上线，必须干一杯啊！

【众人干杯。

江海:高工,你这游戏名字取得充满少女心啊!

高上天:是樊花给我出的主意。

江海:哟,又是花儿的主意。

高上天:只是试行版,先测试一下,还不是正式上线。(站起来,举杯敬江海)江海,多谢你的帮助,你真的给了我很多重要的建议。

林开颜:(惊讶)江海也参与了?

江海:低调低调。

高上天:那个特别场景解锁的设定,就是江海的主意,我只是把它实现了而已。

樊花:江海,那个特别场景解锁的设定,你是怎么想出来的?

江海:瞎想呗!

高上天:我们现在只是通过定位来解锁,以后要是技术更成熟,我们还会考虑用 AR 来解锁技能。

林开颜:海哥哥,什么是 AR 啊?

高上天:(认真地解释)Augmented Reality……(被樊花打断)

樊花:(故意学林开颜的语气)海哥哥什么是 AR 啊?

江海:(咳嗽,掩饰尴尬)那个……AR 就是增强现实技术!

高上天:(认真地解释)这是一种实时地计算摄

影机影像的位置和角度,加上相应的图像、视频、3D模型的技术,就是在屏幕上把虚拟世界和现实世界串联在一起,互动。

林开颜:那我要是想看恐龙呢?

江海:那都不叫事儿!我能叫霸王龙按大小个儿排着队在你屋里跑来跑去!

林开颜:海哥哥,我好害怕啊!(靠近江海)

江海:哎!哎!哎!(躲避)

樊花:那这到底是个什么类型的游戏?

高上天:类似养成游戏吧,就是撒下一颗种子,浇水、施肥,等待种子发芽,然后就要想办法让这朵花开。开花需要很多条件,必须到一些特定场所去解锁特殊肥料才能加速开花。(对着樊花傻笑)当然,对着花儿唱歌,花儿就会长得格外快。

【江海用眼神表达对林开颜的不满,林开颜做了一个央求的手势,还示意自己会闭嘴。

林开颜:真有意思!高工,待会也给我下个 APP 吧!

高上天:没问题!

林开颜:海哥哥!赶快吃块排骨吧!张嘴,啊!

江海:你放下我自己能吃!放下!哎呀,我自己吃!

【樊花和高上天停下来,看着江海和林开颜。

樊花:(故意)要不,你就吃一口吧!

林开颜:(立刻捂脸)呀!讨厌!被小姐姐看出来了!

【江海嘴里的汤差点喷出来,高上天也咽住了。樊花愣了一下,哈哈大笑。

樊花:我早就发现了,就等着你们什么时候坦白呢。

【高上天终于发现了不对。

高上天:你们两个在一起了?!我怎么一点都没看出来?

樊花:(有所指)你没看出来的事情,太多了。(笑)

江海:咱们别提这事了成吗? 来!祝贺高工!干杯!

高上天:谢谢大家! 等我拿到研发费,请你们吃顿大餐!(认真地问)江海,我们总监邀请你到我们公司去工作,他觉得你的想法特别好,一定会给我们带来很多奇思妙想!

林开颜:海哥哥,你去啊,你去啊!

江海:哎呀,我这么懒散,谁要我谁倒霉!

高上天:谁说的? 你太谦虚了! 我看过你电脑,你那个疯狂酸菜鱼! 多好玩啊!

樊花:(惊讶)那个游戏是你做的?

林开颜:海哥哥,你也会做游戏啊!

江海:你黑我电脑!

高上天：(笑)来而不往非礼也。你为什么不把那游戏做完呢？如果上线了，一定会成为热门游戏。

江海：我不行，我从小到大就没做成过什么事。

高上天：不试试怎么知道？

江海：我试过。你们玩儿的那版，不是闪退了吗……

高上天：问题出在哪儿呢？我帮你打打补丁？

江海：让我们吃一顿纯粹的饭，好吗？(转移话题)那什么，你们十一都回家吗？

高上天：我回。

江海：多久回来？

高上天：得十多天，公司说我研发期间很辛苦，多给了我几天假。我回来给你们带点特产，我妈妈自制的辣酱和牛肉干，特别好吃。那你们呢？

江海：哈哈，我是肯定不用回。

林开颜：我也不回！

江海：你再想想！中国人过节过年都是要回家的！

林开颜：我就不回！

江海：花儿，那你呢？

【众人看樊花。

樊花：明天一早的高铁。

林开颜：那你什么时候回来？

樊花：林开颜，你今天得和你的小姐姐好好喝一杯！我……过了节,也许不回来了。

高上天:为什么?

樊花:我本想前几天跟你们说的,一直没找到合适的机会。我一直很想出国深造,几个月之前给国外的几所大学发了入学申请,前几天得到了一个 Offer。

江海:去哪儿啊?

樊花:澳大利亚,阿德莱德大学,一所公立学校,有全额奖学金。

林开颜:不错啊,一分钱都不花就出国了。

江海:一个人去?

樊花:嗯。

江海:我就不明白,国内多好啊,机会这么多。现在海归都哭着喊着回来,你还非要出去。

樊花:我还没回复他们,我也没想好到底要不要出去。

高上天:你如果不想去就不会申请对吧。

樊花:我也没想到能通过,如果国内有更好的机会,我也可以不去。

林开颜:干吗不去!

【江海非常识时务地捅了林开颜一下,林开颜意识到自己不该插嘴,急忙闭嘴。

高上天:去吧,我支持你。澳洲……还能看看考拉和袋鼠……

【江海看不下去了,把高上天拉到一边。

江海:高工,樊花这么优秀,要是去了澳大利亚,肯定就便宜澳洲青年了,到时候可别有人后悔!

高上天:那是她的梦想,应该去追。(回到餐桌旁)

樊花:(有些失望)谢谢大家支持我,我敬你们一杯!(喝掉饮料,改倒啤酒)谢谢这段时间大家的照顾!(一饮而尽)我有点累了,明天一早的车票,我先上去收拾收拾。(上楼)

江海:高上天,你是做程序做傻了吧,你不把花儿往回搂,你还紧着把她往外推!

高上天:江海,如果你真的在乎一个人,就不应该做她的绊脚石,而是应该成全她。我吃好了,我去洗碗。(端着碗筷去厨房)

林开颜:(喃喃自语)可是,如果没有喜欢的人在身边,成功了又有什么意义?(看江海)对吧?海哥哥。

江海:(瞪着林开颜)林开颜!你给我出来!

【暗转。

【江海和林开颜在小花园说话。

江海:林开颜,你刚才是故意的吗?

林开颜:你不高兴啦?我就是太喜欢你了,我忍不住想让身边的朋友分享我的开心!

江海:你让我很尴尬啊,多没面子!

林开颜:海哥哥,都一个月了,我对你不好吗?你为什么不愿意让别人知道我们在一起?

江海:我就是觉得太快了,我们的关系还不稳定呢。

林开颜:你是不相信我们的感情吗?

江海:和这没关系,我就是觉得你太着急了。以后不要这样。

林开颜:我知道了。

江海:还有,我妈……是个不太好相处的人,我把话说前面,省得你多心,千万别着急见我妈。

林开颜:那,你爸呢?

江海:我三岁他俩就离婚了。现在他有新家,我从来不去打扰他。我妈也不许我见他。

林开颜:哦,那他们为什么离婚?

江海:我爸……好赌,每次输钱就在家里砸东西……不说了,我都快忘了我爸长什么样了。(一本正经)开颜,我没后悔和你在一起,但是我需要时间适应,给我点时间。每个人都有不愿意提的事,以后别再问我爸我妈的事,我不想提。

林开颜:嗯!我不问了。(忐忑)海哥哥,我还有件事想告诉你。

江海:你说。

林开颜:我和你说过我爸妈逼我嫁给中年油腻

大叔的事,我还有一件事想和你说,你听了别生气。

江海:你说吧。

林开颜:我来北京很多年了,我其实……

【高上天忽然跑过来。

江海:上天?出什么事了?

高上天:有人投诉说我的游戏有设计缺陷,很多人为了养花在开车时候玩,引发了很多车祸,平台要求我们下线整改。我现在得去一趟公司。

江海:啊?你等等,我跟你一起去!

【林开颜望着两人远去的背影,有些失落。

【收光。

第六场　峰回路转

【几天后。
【傍晚。
【起光。
【林开颜穿得和平时不一样,很正式,很传统,在房间里来来回回走。
【江海坐在沙发上。
林开颜:我穿成这样行吗?
江海:挺好看的。
林开颜:几点了?
江海:六点五十。
林开颜:你妈几点到?
江海:六点六十。
林开颜:哎呀,你还有心开玩笑,我都快紧张死了。

江海：有什么可紧张的。

林开颜：那我们要不要出去迎接一下？

江海：不用,房子都是她的,还能找不着门？

林开颜：你不是说不着急见家长吗？怎么忽然就让我见你妈妈了！

江海：不是我让你见她,是她老人家知道我有女朋友了,非要来见你！

林开颜：那阿姨会不会不喜欢我啊！

江海：(安抚)不会啦,你这么漂亮、聪明又可爱,她凭什么不喜欢你？

【敲门声。

【江海也下意识紧张得站起来。

【林开颜去开门,安淑仪面无表情进来。

江海：妈。

林开颜：阿姨好。

安淑仪：看来不给你钱,你还是过得很滋润,这是你的房客吧。

江海：这是我女朋友！林开颜！开颜,这是我妈！

林开颜：(紧张)阿姨……

安淑仪：女朋友,你叫林开颜？

林开颜：对。

安淑仪：哪的人？

林开颜：湖南人。

安淑仪:今年多大了?

【林开颜一时语塞。

江海:她23岁了。

安淑仪:(冷笑)你喜欢我儿子什么?

林开颜:江海人很好,善良又热心。

安淑仪:(坐在沙发上)如果他不是北京人,没有房子,没有钱,你还喜欢他吗?

江海:妈,你什么意思?

安淑仪:什么意思?江海,你自己看!(从包里拿出一沓材料递给江海)看看她多大了!她说自己23岁?她32岁了!

【江海看资料,惊讶。

林开颜:江海,我……

安淑仪:她就是个满嘴瞎话的骗子!

江海:开颜,你32岁了?比我大5岁?

林开颜:我不是故意骗你的。

安淑仪:江海,你别犯傻了,赶紧把她轰出去。

林开颜:江海你别赶我走,阿姨对不起我错了,我是真心喜欢江海的。

安淑仪:这种满嘴谎话的女人不配跟你在一起,听我的,出国!

江海:妈!我最后跟您说一次,我不想出国。从小到大,什么都是您给我安排好的,我从来没为自己活过。这几个月开颜天天给我做饭吃,陪着我,和她在一起我真的很开心!我知道她是真心喜欢我的,我也喜欢她。

安淑仪:你吃错药了吧你,一个来路不明,连岁数都隐瞒的女人,你喜欢她什么啊!

江海:我就是吃错药了!我不在乎她多大,她理解我,在乎我的感受!您眼里除了赚钱还有什么!我还不如一盆酸菜鱼!

安淑仪:你怎么和我说话呢!

江海:我不是三岁小孩儿了,我说的都是心里话!

安淑仪:儿子!你现在不听妈的话了是不是?马上跟她分手!她比你大五岁!我绝不允许你跟她在一起!

江海:我就是喜欢林开颜!怎么着吧!

安淑仪:你就是个混蛋!

江海:对!我就是混蛋!

安淑仪:我抽你信不信!(举手要打江海)

林开颜:(着急)江海!你别说了!(拦在母子二人中间)阿姨您别生气!我走还不行吗,我马上就走!(往外走)

江海:(拉住林开颜)开颜!哪儿也不许去!

安淑仪:让她走!她就是个骗子!

江海：我不在乎！妈，我知道您把我拉扯这么大不容易，您总让我按照您说的去做，您说那都是最好的安排，可是您从来没有问过我，我想要的是什么。

安淑仪：你现在知道你想要什么了？她就是你想要的？

江海：对，她就是我想要的。她能天天陪着我，天天做早点给我吃，一天不落。我高兴，她陪着我笑，我郁闷，她逗我开心。您呢？自打您和我爸离婚以后，您就一门心思弄那酸菜鱼。我再也没吃过您做的饭。我想干什么您都打击我，说我异想天开。我按照您的意思活了二十七年了，一事无成。遇到开颜之前，我觉得自己这辈子就这样了，踏踏实实当个废人，有吃有喝，挺好。是开颜让我相信，我还是个有用的人！妈，我不是个窝囊废，我上大学的时候，专业成绩年级前三，本来可以在创业大街找份工作，可您根本不在乎。在您眼里，我只能是酸菜鱼的继承人。可在开颜眼里，我可以有无数种可能。所以，不管您说什么，我都不会赶她走。

安淑仪：(失望)好，我明白了。我现在告诉你，这是我的房子，现在请你带着你和你的房客，离开这里！以后，你想怎么活就怎么活。(克制着怒火离开了)

【江海和林开颜愣愣站在原地。

林开颜:江海……

江海:哎哟?怎么不叫海哥哥了,大姐?

林开颜:对不起。

江海:现在我可是房无一间,地无一垄的穷人了。你还愿意跟着我吗?

林开颜:(郑重)江海,从今天以后,我跟定你了。

江海:开颜,以前我不知道自己想要什么,现在我知道了。我想做自己喜欢的事,我想让你幸福。我明天就出去找工作!

林开颜:(撒娇)江海!

江海:(笑)南方姑娘就是嫩,外人肯定不信,你比我大五岁,哈哈。

林开颜:讨厌!对了,怎么跟高上天和樊花说呢?他俩也得搬。

江海:樊花要出国估计不会续租了,上天啊……

【高上天回来了。

高上天:(一进门就拉着江海使劲拥抱)江海!

江海:哎哟!这是怎么了?

高上天:(激动得说不出话)我!我!

江海:什么情况?

高上天:谢谢你!

江海:你先别着急谢,等我说完一件大事,你没准想揍我。

高上天:我先说！我的游戏！重新上线了！

江海:太好了！

林开颜:恭喜呀！

高上天:而且上了下载榜前三！

江海:牛啊!! 那之前的投诉呢？

高上天:又试用了半个月,大数据显示,玩游戏出车祸只是个例！我的游戏给大家带来了快乐！我妹妹也能玩到我做的游戏了！我太高兴了！

江海:那我先和你说件事。

高上天:你说！

江海:我妈把房子收回去了。

高上天:哦。

江海:咱们得搬家……

高上天:啊?!

【收光。

尾声　海上花开

【一年后。

【林开颜的奶茶铺子"海上花开"内,店铺装修得粉嫩嫩的,桌上摆着开颜自制的奶茶。和她之前设计的一样,杯子是粉红色的,杯盖像王冠,吸管像魔法棒。

【林开颜正在直播。

林开颜:下午好!宝宝们!这是开颜独家手工秘制的珍珠,绝对是优质红糖、木薯淀粉和纯净水做的哦!每颗珍珠都是一朵小花!放到我用爱心煮过的奶茶里,喝的时候珍珠还会开花哦!每天限量99杯,快来下单吧!喝的时候小心烫哦!喜欢的赶快下单!

【江海走进来。

林开颜:今天直播就到这里,拜拜!(开心地迎上去)你回来啦！给！刚刚做好的奶茶！

江海:(喝)好喝！你这奶茶越做越棒！今天生意怎么样？

林开颜:还可以啦,咱们才刚开张,重要的是宣传。我算过了,大概半年就能收回成本。

江海:半年,那还挺快。

林开颜:上天呢？你们没一起回来？说好了一起吃晚饭的。

江海：高工就是一工作狂,明天新游戏的上线会,他不放心,非要亲自盯着。

林开颜:你催催他！

江海:对了,跟你说个好消息！我那个"疯狂的酸菜鱼"上线一周,居然上了热门下载前五！

林开颜:这么厉害啊！

江海：真是没想到,那么多人喜欢我的"酸菜鱼"！而且,我和上天后面的大项目也可以启动了！公司还给我们申请了政府的高科技创业专项资金！

林开颜：那可有的忙了。这一年你都没睡过懒觉,你都瘦了。

江海:你不是说过吗,人生来就是受苦的,年轻人就应该多吃苦！其实我也没想到,我能当个程序员,做一份朝九晚五的工作。

林开颜:只要你想,哪有做不成的事！江海,我真是越来越喜欢你了!

江海:真的?那是不是得奖励我一下呀!

【两人正要亲热,高上天愣头愣脑跑进来。

高上天:我来了!(不好意思转过身去)都等着急了吧!走走走,我请你们吃饭去!

林开颜:别着急,先喝杯奶茶。(递给高上天一杯奶茶)

高上天:真好喝!

林开颜:上天,我是真感谢你给江海介绍的这份工作!

高上天:江海很聪明,他在程序语言和语言特性方面有很高的天赋……

林开颜:停!我可听不懂这些。

高上天:总之,你很有眼光,你的男人很优秀。

林开颜:这个我可听懂了!我这辈子最勇敢的一次,就勇敢对了!

高上天:对了开颜,我已经把你的"海上花开"奶茶铺加入到"神奇小花仙"特殊解锁场景里了,以后你的生意会越来越好的!

林开颜:太好啦!谢谢高工!(略停)你看,我们砸锅卖铁开的奶茶铺"海上花开",就是咱们四个的名字凑一起来的。(笑)要是樊花也在就好了。

江海:不知道花儿在澳大利亚好不好?

高上天:她一定会很好的。

林开颜:你没联系她?

高上天:……等她完成学业,如果她愿意回国,我再——我再努努力!

林开颜:男人呀!总是那么多借口。万一她不回来了,你不后悔?

高上天:明天的事,谁知道呢?

【樊花缓缓走上来。

樊花:(拿出手机)海上花开,解锁成功!

林开颜:(迎上前)樊花!你回来啦?

【高上天非常激动,却站在原地不敢动。

高上天:樊花?你回来了?

樊花:"神奇小花仙"挺好玩的,就差最后一个场景解锁,我的花儿就全开了!

高上天:我知道在哪!我领你去!

林开颜:哎哎哎!你不吃饭啦?

高上天:吃!吃!

林开颜:(故意)樊花,你这回还走吗?

樊花:看情况吧。

江海:这回人都到齐了,走,咱们去吃饭!

【画外音:"海上花开奶茶铺!快递!"

林开颜:来啦!(跑下,迅速返回)什么啊?我最近没买东西啊。(打开,里面有一把钥匙)钥匙?

江海:(跑去看)哟!这不是咱110房间的钥匙吗!这钥匙链是我妈买的。

林开颜:还有封信。

【安淑仪的画外音:"江海,'疯狂的酸菜鱼'挺好玩的,就是你把妈妈画得太胖了,差评。妈妈很高兴,你终于干了一件自己喜欢的事。听说程序员工资很高,房子钥匙给你,记得每月按时给我打房租。"

林开颜:阿姨这是原谅你啦!

江海:我妈就是刀子嘴豆腐心。

樊花:我真想念110房间啊!

高上天:是啊,那时候我还天天和江海吵架呢!

林开颜:我也天天和小姐姐吵架!

樊花:叫我樊花,林开颜大姐姐!

林开颜:讨厌啦!

江海:各位!今天趁着人齐!咱们一起回110房间看看吧!

众人:走!

【场景回到110房间,一切如旧。

江海:里面请,随便看!

【林开颜和樊花对视一眼。

林开颜:(异口同声)我要住北房!

樊花:(异口同声)我要住北房!

林开颜/樊花:十五二十,没有没有!

高上天：我只要有个地儿能睡觉就行！

江海：这是书房，没床！

高上天：我有！

江海：哈哈！今儿我这茅草屋又是蓬荜生辉，各位我叫江海！

高上天：高上天！

樊花：我叫樊花，以后我们就是邻居了，小姐姐！

林开颜：我没比你大多少，叫我林开颜！

江海：来了就是朋友，今天我请客，咱们五道口撮一顿！

众人：(异口同声)我们要吃酸菜鱼！

江海：行！不过吃饭之前，你们先得把房租交一下！支付宝，微信，扫一扫！

【四个人七嘴八舌地说着，笑着。

【灯光渐暗，天幕出现北京的夜景，灯火辉煌。

【收光。

【全剧完。

用真诚灌溉梦想
——话剧《海上花开》创作阐述

王甦

我是个文科生,同学和朋友也多是文科生。前几年,机缘巧合,认识了几个理工科的朋友。通过聊天,我发现学理工科的人,思维方式很有趣,他们不太擅长表达丰富细腻的情感,但思维很活跃,说话很直接。他们给我讲了很多程序员的趣事,比如,程序员的性格会决定程序的风格。比如,告诉一个人,去菜市场买一个西瓜,如果看见西红柿,就买两个。普通人会买回来一个西瓜和两个西红柿,但真正的程序员会买回来两个西瓜。这让我有了创作的冲动,想写一个和程序员有关的故事。但程序员的生活离我还是太远了,写起来很难。

该怎么把程序员的故事拉进我熟悉的生活呢?我开始留心,在自己的生活里寻找,继而发现同龄人都有不同程度的焦虑和恐惧感。30岁像黎明前的黑暗,这时,梦想变成了奢侈品,有的人已经完成了梦想,有的人还在追梦路上积极前行,有的人已经放弃、沉沦。处于这个年龄的男人比女人更容易绝望和崩溃;两性之间的差异,在追求梦想的过程中也愈发明显,不管是恋人、朋友还是合作伙伴,会产生很多争执和冲突,很多人走着走着就散了。家中的长辈,也总是认为年轻人"不靠谱、不切实际、异想天开",很少有长辈全力支持年轻人白手起家,自己创业。他们并不是对孩子没有信心,而是他们知道,那条路太苦,希望孩子们活得轻松一些。但吃苦、受累、追寻、探索、头破血流,是年轻人的权利,反正,后悔和从零开始还来得及。由此,我想到了创作一出戏,反映当代年轻人站在人生选择的十字路口时的复杂心理和抉择过程。

　　故事应该发生在北京的海淀区,那里有很多大学、外企和高科技产业园区,很适合有梦想的年轻人施展特长。确定了地点,人物迫不及待地主动跳进我的脑海:江海、高上天、樊花、林开颜……有迷茫彷徨的北京土著,有木讷执着的码农,有拼搏进取的白领精英,有学历不高但非常努力的平凡女孩。这些身份背景不尽相同的年轻人,在北京相遇相知,怀揣梦想,寻找机遇,在实现梦想的路上越挫越勇,共同奋斗。他们的故事或许让很多人觉得似曾相识。是的,我并不想写一个情节曲折,离奇鲜见的故事。我希望《海上花开》贴近生活,和以往"青砖绿瓦、胡同鸽哨"的传统京味话剧有所区别。我想写一个新北京的故事,有泪水,有欢笑,希望这个故事给所有迷茫的年轻人鼓鼓劲,让所有还愿意为了梦想奋斗的人不惧黑暗,坚持下去。我坚信,用梦想灌溉的花,一定会开。

青春话剧，呼唤中国话剧之春
——看王甦编剧《海上花开》
彭俐

中国话剧不老，此艺术舶来品在港口上岸不过110年而已。从时间跨度上说，它不老；但从表现内容上说，却不新。无论是早年经典剧目《雷雨》《茶馆》，还是目前较有影响的原创作品，都鲜有亮丽青春的风采、少年梦想的斑斓、莘莘学子的寄托、年轻创业的足迹……因此，文艺青年受众谈论更多的是影视剧，而非舞台剧。看"人艺"少壮王甦编剧的新作《海上花开》，发现在话剧舞台上，终于有人打造出一部由青年人制作又献给年轻观众的——"青春剧"。它在这隆冬季节，呼唤着话剧舞台的春天。

既然电影有"青春片"，电视有"青春祭"，诗歌有"（校园）朗诵诗"，声乐有"青歌赛"，舞蹈有"霹雳舞"，那么理所当然，话剧舞台也少不了"青春剧"。这是一部让年少雀跃、壮岁慨然、老迈莞尔的时尚轻喜剧,却也带有社会正剧的色彩。它以京城"大学城""硅谷"——海淀区为背景,以出租房的房主与房客的冲突为契机,描述了四个刚刚入职或求职的年轻人的生活、工作与恋情。导演韩清的思路清晰而灵动,场面调度严谨有序、节奏感强而不失即兴发挥的亮点,而几位演员的表演,也充满活力与激情。舞美则使用透明材质建起单元楼,开放式活动空间给人清清爽爽的视觉观感。编剧王甦取剧中四位年轻人名字之一字,构成剧名——《海上花开》。这本身就是一种只有年轻编剧才会采用的浪漫手法,将自己主观的诗意赋予客观的现实,使人不由得想起年轻诗人海子被许多年轻读者追捧、称颂的诗句——"面朝大海,春暖花开"。

剧中人,虽然没有像诗人海子所言——"从明天起,做一个幸福的人,喂马、劈柴,周游世界;从明天起,关心粮食和蔬菜……"但是,这临时住在出租房中的年轻人,毕竟算是"(我)有一所房子",而且还在这幢房子里挥洒了各自青葱的萌动与激情。在相互龃龉中有牵挂,在彼此对峙时有体恤。即使因为对方做事不慎而导致自己丢失了工作,也没有产生忌恨与隔阂,而是以年轻人特有的爽快与达观,让旺盛的生命力抵抗衰败命运的打击,颠仆而爬起,陷落而挣脱，总是心存希望的曙色，眼含信念的烛光……从而使观众欢喜地看到几位年轻人（四分之三，江海是北京人）的"北漂"经历，说不上多么灿烂辉煌，却也有声有色。他们或许真的做到了，至少在部分时间与空间里做到了，向有信有爱的人靠拢，力求过一种如诗如画的生活。在天地人间闯荡，怀揣一颗不昧的良心。是这样的，"从明天起，和每一个亲人通信，告诉他们我的幸福，那幸福的闪电告诉我的，我将告诉每一个人"。对母亲的看管把控不屑的房主（代理房主，所有权在母亲手里）江海，把执意爱恋林开颜（外地乡下姑娘）的决定上报萱堂时，对母亲来说不啻"闪电"与雷鸣，而最终，儿子江海还是收到了"亲人通信（妈妈的原谅与抚慰）"。这一切（幸福也好，不幸也罢），皆由编、导、演在舞台上鲜活、立体地呈现，并"（我将）告诉每一个人"。

由王甦编剧、韩清执导的这部"青春剧"最大的特点，是没有对社会与人生不满的满腹牢骚的晦气，没有对现实生活持戏谑调侃，甚至颓唐颓废的浊气，没有仅凭个人恩怨与一己好恶而宣泄、抛掷给观众的怨气。而它所蕴含与传递的都是使人呼吸畅快的青春的朝气，是相信人性美好、奋斗值得、让人解颐、开怀的浑然大气，都是昭示人生梦想与行动的尊严、令人内心敞亮并愿景可期的豪气。不知为什么，两位女性编导,竟然在感情与理性的双重层面表现得足够乐观、强大,能够给我们带来减轻生存压力与生活重负的两小时观剧体验。走出剧场的时候,我还在回味剧中几位年轻人的有趣交往,心情大好。

(彭俐 作家、诗人、评论家,《北京日报》主任记者)

善良美好的一次自供暖
——话剧《海上花开》的温软意蕴

杨道全

《海上花开》是近期在北京完成首轮演出的一部话剧,也是剧中一个奶茶店的名称,又是剧中四个年轻人名字的集成。这是关于青春理想和年轻一代逐梦的一部有着淡淡的新京味儿的话剧,全剧轻松诙谐,励志而不矫情,散淡而具合力。它以一种平实的力量打动观众,让观众如同目睹邻家兄弟姐妹的生活一般,自然亲切地感受当代北京的青春气息,为观众奉上美好的青春寄语。

《海上花开》以别于传统戏剧模式的新戏剧方式讲述四个年轻人在北京中关村相遇相知,寻梦追梦的青春故事。剧作结构没有设定通行的戏剧主线和发展层次,而是采取人物关系交集的方式,通过剧中四个年轻人对各自梦想的追寻和碰撞来推进戏剧的展开。它立足于江海发起的一个群租。江海是一个不愿意被母亲安排的有追求而又迷茫的海淀土著青年,在母亲不提供生活费用的情势下,他做起了房东。他将自己的房子分租给了为追求爱情而来北京打拼的金融女樊花和因逃婚而来北京打工、开网店的林开颜,还有立志把妹妹带出大山的彝族青年码农高上天。四个年轻人因租住在一起而发生命运的交融,他们的理想和情感都在这个出租屋里发生碰撞和产生变化。群租是一个小社会,《海上花开》正是借助这个小社会,生动再现了当代追梦在北京的年轻人的奋斗生态和人生戏剧。而由北京青年和异地青年共同构筑出的新京味风格不仅见出时代风貌,也让《海上花开》更加贴近生活,极具青春活力。其戏剧语言本身就洋溢出青春的率真,有着自由挥洒的清新之感。

《海上花开》紧扣北京海淀独特的职场环境,以软件开发作为主要承载来展现青年人的理想追求。这里不仅有高上天的职场挫败,他开发的软件因江海忘记购电而导致停电损毁,进而失业。樊花失恋后转而爱上了心地善良的高上天,她帮助他找到新的工作。高上天继续在码农的道路上前行并获得进展,而更具励志意味的是出租屋主人江海也在与租客的交往中走出迷茫,找到人生的目标。他的努力获得了林开颜的爱情,他们携手前行。林开颜在困境中筹划开一家奶茶店,江海则以妈妈的酸菜鱼馆为题材设计游戏软件。虽然妈妈反对他们的爱情,并由此收走了他们的房子,但年轻人追逐梦想的步子没有停歇。江海设计的游戏软件"疯狂的酸菜鱼"终于获得成功,妈妈给他快递来110房间的钥匙,他最终得到了妈妈的肯定。

这是一部充满善意和美好意蕴的剧作,编剧王甦是一个心怀美好的姑娘。她是北京人艺的才女,《海上花开》剧本在"大写中关村·聚光海淀人"海淀主题剧本征集活动中荣获第一名,并成为北京文化艺术基金2017年度舞台艺术资助项目。王甦在剧中向观众展现出平易温和的人性善意和美好情愫,给人以切身的感动和暖意,像高上天不想增加江海的负疲感而向他隐瞒失业;樊花在失恋的伤痛中向高上天伸出援手;停电后,大家在烛光下平复矛盾,互诉衷肠;还有高上天为大家唱出的主题歌;等等。在人际关系紧张不尽如人意的当下,在时下的寒冷季节,《海上花开》的舞台呈现就像是对善良品质和美好理想的一次自供暖,有着饱满的自觉和俍依感。

《海上花开》的舞台呈现与剧作风格极为和谐统一,担任导演的是同样来自北京人艺的戏剧新锐韩清。不久前,她与易中天成功合作了热门话剧《模范监狱》,愈发凸显出她在年轻一代导演中的市场影响力。以她的年龄论,她是难得在作品中不显山不露水的青年导演。全剧贯穿下来,舞台调度张弛有度,节奏准确流畅,自然无痕。只是在江海的人生转折处,在表现江海拼力设计他的那款向母亲致敬的游戏软件的时候,才借鉴了影视手法。通过灯光的切换,她在舞台的多个区域展示江海工作的专注身影。这一强调不仅表现出时间的流逝感,也很唯美地提升了江海的人物形象,像是对梦想的牵引,又或是对青春的讴歌。

《海上花开》的剧名别致唯美,它展现给观众的青春故事发于北京,其传达的意蕴有着鲜活的北京趣味,亲切自然,赏心悦目。剧中流转的善意给这个寒冷的冬天带来暖软贴心的感怀。暖意之于我们,不只是自然里的风雪,还有世间的寒意,我们期待它在下一轮演出中有更为精彩的呈现。

(杨道全　独立剧评人)

【话剧】

冰雪圆舞曲

Ice Waltz

王甦

第一场

【舞台很简洁,主色调为灰色和白色,如同冰雪世界一般。场景切换很快,每场戏之间不需要熄灯,只要迅速调整到下一个场景就好。景不必很实,只要能够表现当场戏的环境,满足演员的表演支点即可。演员需要在台上真的滑冰,所以最好有专门的一块滑冰区域。

【时间:14年前,冬天,傍晚。

【地点:北京,白雪飞家的客厅。

【这是白雪飞的梦境。

【白雪飞坐在沙发上看动画片,白长风在一边收拾滑雪工具。

白雪飞:爸爸!爸爸!我们什么时候出发?

白长风：小飞已经等不及啦？我们得先吃完饭呀！

白雪飞：爸爸！我能再看看我的新衣服、新帽子吗？

白长风：我已经收起来了，你都看了好多遍了。滑雪服不是用来看的，等我们到了滑雪场，你穿在身上，爸爸给你照相！看！我带了拍立得！

白雪飞：爸爸，您看我的基本姿势标准吗？

白长风：真不错！等我们到了雪场，白茫茫的冰雪世界，你在雪地上飞快地滑行，比汽车都快！

白雪飞：比汽车都快！

白长风：等你滑得足够熟练，爸爸教你跳台滑雪，那种感觉，就像在天上飞！

白雪飞：在天上飞！爸爸，我们现在就去吧！我想飞！

白长风：你现在还不能飞。

白雪飞：为什么？

白长风：因为我们还没吃饭，饿着肚子飞可不好玩。

韩冰：吃饭啦！小飞，快来！

【白长风、白雪飞和韩冰一起围坐在饭桌前。

韩冰：外面雪下得越来越大，你还是别去了吧？

白长风：我已经和朋友约好了，今晚去，明晚就回来。

韩冰：雪天路滑，你要是非去我也不拦着，反正，你也不听我的。你别带小飞去了。这么冷的天，别把孩子冻坏了。

白雪飞：我要去！

白长风：听见了吧，孩子想去。不然你也一起去吧，省得你不放心。

韩冰：明天我上晚班，不能换。要么，你们明天一早再走？白天路应该好走一点。

白长风：行啦，又不是第一次开夜路去雪场，你就放心吧。

韩冰：唉！我怎么放心得下。小飞，听爸爸的话，别淘气，要是在滑雪场磕着碰着不许哭鼻子！

白雪飞：我才不哭呢，我都快6岁了！

白长风：小飞，我们出发啦！

【白长风带着白雪飞开车前进。
【寒风吹雪，北风萧萧。

白雪飞：爸爸，快点开，我都等不及想在雪上飞了。

白长风：儿子，你叫雪飞，你有滑雪天赋！还记得爸爸和你说的窍门吗？

白雪飞:重心压低,保持平衡,别害怕,往前滑!

【一阵强光。
【全场黑。
【巨大的刹车声和玻璃碎裂的声音。
【急救车的声音。
【起光。

韩冰:我说了不要去,你就是不听。白长风,你这个疯子!

【白雪飞驾着拐杖走上来。

白雪飞:妈妈,我的腿什么时候能好?

韩冰:小飞,会好的,过一阵就好了。

白雪飞:妈妈,等我的腿好了,还能滑雪吗?

韩冰:(面无表情)小飞,我要你发誓,从今以后,绝不再滑雪!

白雪飞:妈妈……可是爸爸说……

韩冰:答应我!小飞!答应我!一辈子都不许滑雪!(泪如雨下)

白雪飞:……妈妈……

韩冰:你说啊!

白雪飞:我答应您,这一辈子都不再滑雪……

【白雪飞扔掉了拐杖,呆呆地看着前方。

第二场

【14年后,夏天。
【白雪飞家。
【白雪飞坐在沙发上玩游戏,林霁在旁边叽叽喳喳说个不停。

林霁:小飞哥哥,你到底有没有听我说话?

白雪飞:一直在听。

林霁:那你说,我们的录取通知书到底什么时候才到?

白雪飞:你不是早就上网查过了吗?

林霁:一天不收到通知书就一天不踏实嘛!

白雪飞:(低声)骗子。

林霁:你说什么?

白雪飞:(大声)骗子!你不是答应不和我报同一

所大学吗？为什么说话不算话？

林霁：我是说，我尽量不和你报同一所大学，又没说一定。

白雪飞：林，我真是受够了，从小学到中学，你都和我一个学校，好不容易盼到上大学了，还躲不开你。

林霁：你凭什么要躲开我！我帮你干了多少事，要不是我，你早被阿姨骂死了，要不要我和阿姨聊聊？阿姨可是最相信我的话了！

白雪飞：林小鸡，你要是敢告密，我就掐死你！

林霁：白雪飞！我都18岁了，别老小鸡小鸡地瞎叫！告诉你，等我们上了大学，你不许在学校里叫我小鸡，要叫大名，快，叫一遍我听听！

白雪飞：林——小鸡！小鸡！小鸡！

林霁：白雪飞！一会儿我就把你冰鞋扔湖里！

白雪飞：你敢扔我冰鞋，我就把你也扔下去。

林霁：那我掉下去之前，把你也拉下水！

白雪飞：我会游泳。

林霁：你！你老是欺负我。

白雪飞：你话太多，不这样结束不了话题。（使劲按了几下，看起来是游戏通关了，随手把手机一扔）我饿了，我妈怎么还不回来？

林霁：你什么脑子，阿姨早上说过了，今天加班，让咱们自己煮饺子吃。

白雪飞:哦。那你快去煮啊。

林霁:唉,不是煮面条就是煮饺子,我都好久没吃过米饭炒菜了。真希望我爸爸赶紧回来!

白雪飞:林叔什么时候回来?这次走了有半个多月了。

林霁:你脑子里都记些什么啊,我爸这次是去佳木斯拉货,我告诉过你啊。

白雪飞:哦。

林霁:等上大学就可以吃食堂了,就不用天天发愁吃什么了。

白雪飞:晚上我想去公园滑旱冰,你也来吧。

林霁:又拿我打掩护,那你求我,不然我才不去公园喂蚊子呢!

白雪飞:爱去不去。

林霁:上了大学就可以住宿了,到时候你天天夜里去滑冰都可以。

白雪飞:我不想住宿。

林霁:上大学不住宿多没意思啊?

白雪飞:哼。

林霁:你真不想住宿?你要走读?

白雪飞:嗯。

林霁:你是担心?……没事的,你别老自己胡琢磨。

白雪飞:林小鸡,你话真多,赶紧煮饺子去!我都要饿死了。

林霁:好!大飞少爷!

【林霁正要去厨房,韩冰拎着快餐回来了。

林霁:阿姨!您回来啦!

韩冰:小霁,饿了吧,我给你们俩买了汉堡,你拿微波炉热一下吧。

林霁:谢谢阿姨!

【林霁拿着汉堡下。

白雪飞:妈。

韩冰:(一进门就开始收拾屋子)今天都干什么了?

白雪飞:打游戏。

韩冰:别老闷在家里,你应该多出去转转。

白雪飞:太热,懒得动。

韩冰:小飞,你就要上大学了,对新同学要友好热情一些,这样才会有朋友。

白雪飞:我是去念书的,不需要朋友。

韩冰:明后天电器城店庆,48小时不打烊,我可能2天都回不来,我给你留点钱。你林叔叔应该今晚就回来了,我们说好了,他给你们俩做饭。

  白雪飞:哦。

  韩冰:我们店里在招促销员,你已经满 18 岁了,要不要去试试? 一天 300 块钱……

  白雪飞:不去。

  韩冰:儿子,你不能总是这样——

  白雪飞:(站了起来)我这辈子都只能这样了。(一瘸一拐地走)

  【林霁拿着汉堡上来,白雪飞拿走一个,径自走下。

  【韩冰无奈地叹气,坐在沙发上。

第三场

【当天晚上。
【公园。
【白雪飞坐在长椅上,看着路灯下的阴影。
【林霁抱着冰鞋急匆匆跑来。
白雪飞:怎么这么慢?
林霁:我爸回来啦!我得帮他把这半个月的衣服都洗了呀!你可不知道,大夏天的,都臭了!(递冰鞋)
白雪飞:(开始穿冰鞋)你怎么和他们说的?
林霁:和我爸当然是说实话,和阿姨我就说汉堡太噎人,咱们去消化消化食儿!
白雪飞:你可真能编,瞎话张嘴就来,我妈居然真信你!
林霁:哎呀,这都是善意的谎言!(拿出两块点心)给,吃吧。

白雪飞:螺丝转儿!(高兴地接过来吃)你什么时候买的?

林霁:我爸带回来的,我才不会特意买给你吃呢!

白雪飞:(阴阳怪气)这不是北京小吃吗?你爸不是去东北了吗?

林霁:回北京再买不行吗?吃你的吧!

白雪飞:我就爱吃这个。

林霁:(笑)我还记得咱们6岁的时候,我爸带咱们去逛庙会,你说螺丝转儿长得像车轱辘,逗得我爸爸嘎嘎乐。那时候,我妈还活着呢……

白雪飞:(揉揉林霁的头,转移话题)你怎么不穿冰鞋?

林霁:哎呀!别弄我一脑袋油!我今天不想滑冰。

白雪飞:为什么?

林霁:你真烦,少问!就是不想滑。

白雪飞:不说我也知道。你这几天脾气这么大,肯定是"犯毛病"了。

林霁:(红脸)白雪飞你真烦!滑你的冰吧!

【白雪飞穿着旱冰鞋,在地面上简单滑了几下,开始展现不俗的轮滑实力。林霁配合地布下障碍,白雪飞都一一通过。白雪飞滑了几个来回和大圈,开始围着林霁绕圈。他笑得很开心,林霁也笑得很开心。

林霁:小飞哥哥,你滑得越来越好了!

【白雪飞拉着林霁转圈。

林霁:别转啦!我都头晕了!

【白雪飞撒手,放开林霁,独自滑行到后面开阔处,开始炫技。

林霁:哈哈!太帅啦!你都快飞起来啦!

【灯光忽然变暗,林霁定格不动。

【白雪飞一个人站在追光里。

【另一束追光起,白长风出现在舞台深处。

白长风:你叫雪飞,你有天赋!儿子,你就快飞起来了!

【白长风消失了。

【白雪飞一个趔趄,摔倒在地。

【灯光恢复正常。

【林霁急忙跑过来看。

林霁:好端端的,怎么摔了个屁股蹲儿啊?

白雪飞:没事。

林霁:流血了!

白雪飞:都说了没事了。回家吧。(脱了冰鞋,一

瘸一拐地走)

　　林霁:(追在后面絮絮叨叨)去我家吧,我给你抹点酒精消消毒,你今晚就别洗澡了……

　　【白雪飞快走下场时,忽然定住,看着远方。
　　白雪飞:爸爸,一个瘸子怎么可能飞起来?

第四场

【大学报到日。
【某大学的小花园。
【林霁在前面走,白雪飞骑着滑板车跟在后面。
林霁:学校里好大啊!小飞哥哥,我的宿舍在那边。走,认认门儿去!
白雪飞:女生宿舍,我才不去。
林霁:你的走读申请交了吗?
白雪飞:交了。
林霁:小飞哥哥,有些事你不用太在意。在我看来,你和所有同学都一样,你比他们聪明多了,长得还帅!
白雪飞:我就说吧,你真是瞎话张嘴就来。怎么可能一样。

林霁:就是一样！只要你自己不觉得有什么不一样,那你和别人就是一样！

白雪飞:(笑)说绕口令呢?

林霁:以后上课的时候,你还打算每天第一个去教室,最后一个走吗?

白雪飞:不然呢?

林霁:真的没必要,小飞哥哥,不仔细看看不出来的——

白雪飞:要是看出来了,又有人管我叫白瘸子。你千万别去和别人打架,没必要。

林霁:你看海伦·凯勒,还有霍金！他们虽然……但还是很有成就啊！

白雪飞:我不是残疾人。不是！

林霁:别生气！晚上我们去滑冰吧！

白雪飞:嗯。

林霁:我去宿舍拿点东西,你在这儿等我一下。

白雪飞:快一点！

林霁:一会儿就回来！（跑下）

【白雪飞独自在校园里溜达,不知不觉走到了体育馆门口。他走进体育馆,发现地下室有个溜冰场,有人在滑冰。

【轻柔而有韵律的《假面舞会圆舞曲》传来。

【一个戴着假面的女孩,在冰上翩翩起舞。
【白雪飞看痴了,忽然有人拍拍他的肩膀。
凌波:同学?
白雪飞:你好。
凌波:喜欢滑冰?
白雪飞:嗯。
凌波:会滑冰吗?
白雪飞:会。
凌波:大一新生?
白雪飞:是。
凌波:我是冰雪社的凌波,今年大三。
白雪飞:我叫白雪飞。
凌波:有兴趣的话,下周末我们开招新会。

【滑冰的女孩走过来,摘掉了假面。她长得非常好看,肌肤胜雪、唇红齿白、星眸璀璨。
杨阳:师哥!
凌波:师妹!
杨阳:(看看白雪飞)同学你好,我叫杨阳。
白雪飞:我、我叫白雪飞。
凌波:同学,我们要练习了。
白雪飞:我看看就走。
凌波:随便你。

【杨阳和凌波回到冰场滑冰。

【林霁跑过来,拉住白雪飞。

林霁:不是叫你等我吗?怎么跑到体育馆来了?

白雪飞:反正我跑到哪儿你都能找到我。

林霁:告诉你一个好消息!

白雪飞:什么?

林霁:我交了走读申请!我也要走读!

白雪飞:你跟着捣什么乱?你不是说不住宿上大学就没意思了吗?

林霁:我乐意!走吧,一起回家!

白雪飞:你小点儿声!等他们都不看我们了,我们再走。

林霁:哪有人看我们,快走啦!(拉着白雪飞就跑)

【《假面舞会圆舞曲》乐声大作。

第五场

【几天后。
【学生处。
李老师:白雪飞同学,鉴于你的特殊情况,学校可以减免部分学费,还可以帮你申请阳光助残助学金。这些是表格,你填好了,下周一交回学生处。然后需要公示7天……
白雪飞:(打断)老师——
李老师:有什么疑问?
白雪飞:(鼓起勇气)我——我不想要助学金。
李老师:(惊讶)为什么?据我所知,你妈妈一个人供你上大学很辛苦,有助学金分担一下不好吗?
白雪飞:老师,我已经19岁了,我不想不劳而获,我可以赚钱,我不怕辛苦。

李老师:好样的,小伙子真有志气,可是——可是从来没有人拒绝过助学金,我还真不知道该怎么办了。

白雪飞:李老师,如果学校同意,我可以去快餐店打工。您放心,绝对不会耽误学习。

李老师:大一的课程紧,你如果去校外打工,很难不耽误学习,也很难有保障。你妈妈也支持你勤工俭学吗?

白雪飞:(犹豫片刻)支持。我妈从小就教育我,劳动最光荣。

李老师:这样吧,学校的图书馆和体育馆都需要一些学生管理员去帮忙。当然,是有费用的,你愿意去吗?

白雪飞:我愿意!(略停)老师,如果方便的话,我想去体育馆帮忙,可以吗?

李老师:哦?那太好了,体育馆的冰场需要一个帮忙登记租借冰刀的同学。这活儿夏天人人抢着干,到了冬天就没人愿意干了,都嫌冷。

白雪飞:老师,我不怕冷。

【体育馆冰场的前台。
【下学的钟声在空旷的体育馆里回荡。
白雪飞:阿嚏!(擦擦鼻涕)冻死我了!(整理鞋

柜,拿出几双损毁严重的冰刀,用大拇指在冰刀的刀刃处、由上至下轻轻蹭了几下)这冰刀多久没磨了!

(看看四下无人,白雪飞穿上冰刀,走到冰场前,深呼吸,取下刀套,开始在空无一人的冰场上滑冰。他显然不太适应冰刀,踉踉跄跄)

【白长风出现在舞台深处。

白长风:不错呀,儿子,滑冰和滑雪差不多,保持平衡很重要。你试试看,让刀尖离开冰面,冰刀立住,左腿放松,放松——

【白雪飞按照白长风的话,刀尖离开冰面,立住冰刀,左腿放松,滑动距离远了一些。

白长风:不错! 滑得很远! 你不是经常滑旱冰吗? 动作要领差不多,试试看,左右左右,勇敢点! 大不了就摔一下嘛!

【白雪飞努力地适应冰面,越滑越好。他开心地笑出来。

白长风:儿子,你为什么要来体育馆打工? 是不是看上那个漂亮姑娘了?

白雪飞:(急停)爸,您别胡说! 我来体育馆是因为可以滑冰! 您也说了,滑冰和滑雪差不多,都能飞起来!

白长风:我就知道,我的儿子天生就是属于冰雪世界的! 滑吧! 儿子! 滑吧!

【白雪飞尽情地滑,享受而忘我。

【一阵掌声打断了白雪飞,他停了下来。

【杨阳在冰场旁边鼓掌。

杨阳:你滑得不错。

白雪飞:(窘)……

杨阳:你学过滑冰吗?

白雪飞:没有。

杨阳:那你怎么滑得这么好?

白雪飞:我,平时喜欢滑旱冰。

杨阳:原来如此,我看你的平衡感很好,转弯很自如,但是好像动作不太对,所以转弯和加速都很费力气。

白雪飞:这种速滑冰刀,我第一次穿,不太适应。

杨阳:(笑)原来闭馆以后的冰场这么空旷!要不要一起滑一会儿?

白雪飞:(想了想)好啊!

【音乐,《克罗地亚狂想曲》。

【杨阳和白雪飞随着音乐在冰上滑行,白雪飞从小心翼翼到滑行自如,两人还不时说几句话。

杨阳:你真的是第一次穿冰刀?

白雪飞:是。

杨阳:一般第一次穿冰刀的人,都会不停摔跤,可你,第一次上冰场就满场飞了!你简直是个天才!

白雪飞:我叫雪飞,我爸爸说,我天生就应该在雪地上飞。

杨阳:你的名字这么有深意啊,白雪飞,茫茫雪原上自由翱翔的小飞侠!

【白雪飞有些动容,杨阳伸出手拉住白雪飞,两人在冰上转起圈来。

【冰场的灯忽然亮了,两人停下来。

杨阳:(发现王老师)王老师!

王老师:已经闭馆了,你们不应该私自上冰场。

杨阳:对不起,王老师,我以后一定注意。

王老师:(盯着白雪飞)你好像不是冰雪社的社员。

白雪飞:老师,我是新来的管理员……我……对不起,以后不会了。

王老师:想滑冰就正大光明滑,学校的体育馆对每个学生开放,但是要遵守规定,闭馆以后,不能上冰场。

白雪飞:我记住了。

王老师:快出去,别妨碍我铲冰。

【当晚,公园。
【白雪飞脱下了冰鞋。

林霁:(吃着棒棒糖)你为什么不肯拿奖学金?

白雪飞:是助学金。

林霁:有什么区别?

白雪飞:优秀的人才能拿奖学金。

林霁:白雪飞,你真是从小到大都爱钻牛角尖。国家给你钱,让你念书,你拿着好好念,毕业后报效祖国,回报社会,不就结了?

白雪飞:不想给国家添麻烦,不行吗?

林霁:你知不知道阿姨工作很辛苦,她连一件新衣服都不敢买,你不应该这样。

白雪飞:林霁,我不是残疾人,不需要别人同情可怜。

林霁:得,又把天儿聊死了。行了,行了,我都快冻成冰棍儿了,回家吧!

【白家的客厅。

【白雪飞在看书,韩冰拿着膏药出来。

韩冰:小飞,帮我贴个膏药。

白雪飞:(帮忙贴膏药)现在大家都上网买东西,你们电器城生意有那么好吗?怎么成天都加班到夜里?

韩冰:唉,就是现在大家都上网买东西,我们才必须加班促销,不然完不成任务,奖金就泡汤了。快到年底了,电暖气、加湿器和空气净化器很好卖,我再努努力,估计就能完成任务了。等我拿了奖金,给你买台新电脑,我看别的人都用平板电脑了……

白雪飞:妈,我不用。

韩冰:别人都有,你也得有。对啦,妈妈工作太忙,一直也没时间和你聊聊,上大学的感觉怎么样?

白雪飞:挺好的。

韩冰:有没有交到新朋友?

白雪飞:(不由自主地笑)有。

韩冰:男的女的?

白雪飞:行了,瞧您那个八卦的样儿!

韩冰:对了,助学金办好了吗?

白雪飞:……办了。

韩冰:有了助学金,我也能轻松些。过年给你买件新羽绒服,今年冬天肯定特别冷。

【白雪飞心里有些难受,忽然给了妈妈一个大大的拥抱。

白雪飞:妈,我会好好学习的。

【韩冰有些惊讶,安抚地摸摸儿子的头。

第六场

【体育馆前台。

【白雪飞正在整理冰鞋。杨阳和凌波走过来。

杨阳:雪飞!

白雪飞:(笑着挥挥手)晚上好!(对凌波说)师哥好!

凌波:小白,听说你滑冰水平不错,参加冰雪社吧!师哥看好你!

白雪飞:还是算了,我才大一,想好好学习。

凌波:啊? 我没听错吧,好好学习? 这是理由吗? 滑冰和学习并不冲突。

白雪飞:我课余时间都要来这儿工作,没时间参加社团活动,真的不好意思。

凌波:好吧,随你。

【凌波和杨阳走开了。

【白雪飞收拾了几双冰刀,叹了口气。

【白长风出现了。

白长风:儿子,叹什么气?

白雪飞:爸!您好久没来看我了!

白长风:你现在心里想的都是"小太阳",哪有时间想你老爸。

白雪飞:就是想想,我没什么别的想法。

白长风:为什么没别的想法?

白雪飞:她是新加坡来的交换生,只在学校读一年就要回新加坡去,而且,她也不知道我是个瘸子。

白长风:你不了解女孩,一个女孩要是真的爱你,就算你又聋又傻又穷还酗酒打人,也会奋不顾身、死乞白赖和你在一起!

白雪飞:是吗?

白长风:当然。儿子,你没那么糟糕,是吧?

白雪飞:这倒是,我肯定不会打她。

白长风:儿子,你长得像我,这么帅,迷倒个妹子不算事。勇敢点!勇敢点!

【白雪飞呆呆地重复着"勇敢点"……

【杨阳跑出来,觉得他很奇怪,轻轻拍拍白雪飞。

杨阳:雪飞?雪飞?

白雪飞:啊?(回过神)杨阳,有事吗?

杨阳:有件事想拜托你。

白雪飞:什么事?

杨阳:下个月就是区里的大学生运动会,我报名参加花样滑冰了,但是曲子一直选不好。等社团活动结束了,你能帮我听一听吗?

白雪飞:我?

杨阳:嗯,我相信你。

白雪飞:好。

【林霁忽然跑过来。

林霁:小飞哥哥!

白雪飞:你来干什么?你不是今天没课吗?

林霁:叫你一起回家啊!

杨阳:这是?

白雪飞:(急忙解释)我家邻居,也是大一新生。

林霁:师姐好!我是林霁!你就是新加坡来的华侨师姐呀!长得真好看!难怪好多师哥都管你叫"小太阳"!

杨阳:真是不好意思。

白雪飞:林小——霁,你话真多,我还没下班呢!

林霁:(看表)已经到时候了,不是七点下班吗?

白雪飞:我还有事呢!

林霁:今天是我生日!你是不是忘了!你答应和

我去唱歌的!

【白雪飞一愣,显然是忘记了林霁的生日。

林霁:你不是真忘了吧?!我的18岁生日!多大的事啊!你行不行啊!

杨阳:生日快乐!

林霁:谢谢师姐!

杨阳:雪飞,拜托你的事改天可以,不着急的。

白雪飞:不然,你把音乐发给我吧,我晚上听听看?

杨阳:好。那我先走了,再见。

【场景变成商场里的KTV自助小屋。

【林霁戴着耳机点歌,白雪飞坐在一边玩手机。

林霁:小飞哥哥,唱首歌给我啊?

白雪飞:不要。

林霁:唱一个嘛!就算你的生日礼物。

白雪飞:(从书包里拿出一份礼物)拿去。

林霁:这是什么?啊!我的生日礼物!哈哈!我就知道你不会忘嘛。

白雪飞:切,不送礼物给你,你肯定没完没了叨叨我。

林霁:说得我好像话痨似的。(打开礼物,是一顶可爱的小鸡形状的帽子)

白雪飞:戴上。

林霁:(戴上)这里没有镜子,手机手机!

【白雪飞拿出手机,给林霁当镜子。

林霁:挺好看的,谢谢!

白雪飞:多适合你,林小鸡!哈哈哈!

林霁:切,你今天当着师姐的面就想叫我小鸡!你得记住,我都18岁了,以后当着人不能这么叫。

白雪飞:知道了。你快唱吧!就买了半个小时,你再说15分钟废话,钱都白花了!

【林霁点歌,偷偷看白雪飞。

林霁:把耳机戴上。

【白雪飞敷衍地戴上耳机。

【《雪人》的前奏缓缓从耳机中传来。

林霁:(清清嗓子)好冷,雪已经积得那么深,Merry Christmas to you,我深爱的人。好冷,整个冬天在你家门,Are you my snow man? 我痴痴、痴痴地等——

【林霁正要开始唱高潮,白雪飞拿下了耳机。

【林霁唱得很用力,但没有声音。

【白雪飞的手机一直在振动,他在和杨阳聊微信,杨阳出现在舞台后方。

杨阳:谢谢你的意见,我也觉得《Let It Go》比较好,动画片《冰雪奇缘》的主题曲,你看过吗?

白雪飞：没看过，但我听过这首歌。
杨阳：那个动画片很好看，建议你看看。
白雪飞：我一定看。

【林霁一直无声地唱着，唱完最后一句，发现白雪飞摘了耳机在玩手机，有点生气。
林霁：白雪飞！你干什么呢！
白雪飞：发微信。
林霁：我唱歌不好听吗？你干什么一直玩手机！
白雪飞：我愿意来就不错了，你别不讲道理。
林霁：你要是不想来就别来。
白雪飞：还不是你非要我来。
林霁：你走吧！
白雪飞：发神经，我走了！
林霁：爱走不走！
【白雪飞站起来就走了。
【林霁愣愣地坐下，慢慢戴上耳机，耳机里她的歌声悠扬："雪，一片一片一片一片，在天空静静缤纷，眼看春天就要来了，而我也将，也将不再生存……"
【当晚。
【白雪飞在家里看《冰雪奇缘》的动画片。韩冰满脸怒容，一进门就把电视关了。
韩冰：白雪飞！你是不是翅膀硬了！这么有主意，

居然都不和我说一声!

白雪飞:干吗啊! 有事说事! 别动不动就嚷嚷!

韩冰:你为什么和学校说,不要助学金!

白雪飞:……

韩冰:怎么不说话了? 你刚才不是能说会道顶嘴吗!

白雪飞:哼,肯定是林小鸡这个叛徒告诉您的。小心眼儿。

韩冰:你别管谁告诉我的! 你怎么这么不懂事!

白雪飞:我知道您工作很累很辛苦! 我不是打肿脸充胖子! 老师安排我去体育馆勤工俭学,也有工资拿!

韩冰:你现在应该好好念书,学好了本事,毕业以后再赚钱! 国家给你助学金,你为什么不要! 咱们家条件是不好,可妈妈从来没饿着你冻着你! 这有什么让你抬不起头来的!

【白雪飞闷头不说话。

韩冰:你太不懂事了,我为了供你念大学,都快累死了,到手的助学金,你居然说不要就不要! 你是不是不给我添堵就不高兴?

白雪飞:(小声)我活着就是在给您添堵,对吧?

韩冰:(没听清)你说什么?

白雪飞:(站起来)我活着就是在给您添堵! 我为

什么不和我爸一起死了！老天让我活着,却让我变成瘸子！我把您的这辈子都毁了！是吧？

韩冰:你怎么这么和我说话？

白雪飞:我知道您一直这么想。我是您的累赘。如果没有我,您就可以轻轻松松过下半辈子,还可以和林叔叔结婚了,对吧？

韩冰:我和你林叔叔没什么——

白雪飞:你们说话我听见了！三年前的元旦,我听得很清楚。您和他说,我儿子是个残疾人！我得照顾他,我们的事还是算了吧！

韩冰:小飞——

白雪飞:我是个残疾人！(在屋里走路,一瘸一拐)我什么都干不了！就算我大学毕业了,我能找到什么工作？哪个单位愿意找个残废?！我不想要助学金,我想靠自己的努力得国家一级奖学金！堂堂正正做人！我想活得有尊严！(摔门走了)

【韩冰愣在原地。

第七场

【几天后,体育馆。

【白雪飞和杨阳共用一个耳机,一起听音乐,随着音乐摇头晃脑。

【音乐《青春圆舞曲》。

【凌波拎着冰鞋从冰场出来,看到这一幕,有些不高兴,故意重重地把冰鞋摔在柜台上。

凌波:还鞋!

【白雪飞摘下耳机,接过鞋子在本上登记。

凌波:杨阳,周末有空吗?我们学生会组织大家去爬山,要不要一起去?

杨阳:谢谢师哥,我在为运动会做准备,这次不去了。

凌波:你最近练习的时间越来越长,太辛苦啦,去放松放松。

杨阳:下次,下次一定去。

凌波:小白,听说你学习成绩特别好,就是不太喜欢和同学们说话。我看传言是假的,你挺喜欢和同学联络感情嘛。

白雪飞:你的鞋已经还了。(兀自整理其他鞋)

凌波:师哥在和你说话,你什么态度!

杨阳:(吓了一跳)师哥……

【白雪飞没有说话,挡在杨阳面前。

【凌波更加生气。

凌波:白雪飞,你真是个怪人,你是不是很喜欢装酷啊?成天不说话,去哪儿都骑着你那辆滑板车,叫你加入冰雪社,你又不肯,每天偷偷摸摸自己滑!

白雪飞:师哥,我没招你没惹你,你这是干什么?

凌波:我不干什么,借冰鞋!

【白雪飞拿出一双冰鞋。

凌波:再借一双!

【白雪飞又拿来一双。

凌波:穿上!

白雪飞:嗯?

凌波:穿上!师哥教你滑冰!

杨阳:师哥——

凌波:(和颜悦色)师妹,没事,师哥教师弟是应该的。

【白雪飞没动,平静地看着凌波。

白雪飞:师哥,我在工作,你要是想教我,能不能等到我下班。

凌波:不用,师哥教师弟,一秒钟也不能等。

白雪飞:好吧。(原地坐下,慢条斯理穿上冰鞋)走吧。

杨阳:你还真要和师哥比赛?

白雪飞:不是比赛,是师哥要教我。师哥,走吧!

【白雪飞和凌波来到冰场,摘下刀套。气氛顿时紧张起来。

【杨阳担心地跟在旁边。

【白雪飞和凌波站在冰场上,做好了准备。

凌波:师妹,以你为终点。

【杨阳无奈地走到远处。

凌波:师妹,喊个开始吧。

杨阳:(看看白雪飞,有些担心)三二一,开始!

【凌波和白雪飞滑了出去,凌波领先,白雪飞适应了一下冰刀和场地,开始追。两人较劲追逐着,其实停在原地没有动,随着灯光和音乐的变化,营造出飞速向前的画面。白雪飞超过了凌波,以微弱的优势率先冲过终点。

【白雪飞得意地大喊,凌波气恼地坐在地上。

白雪飞:谢谢师哥,我学会了。

【凌波忽然站起来了,神情紧张。白雪飞隐约觉得不对,回头看。

【王老师双手叉腰,站在门口。

凌波:王老师!

杨阳:老师好!

白雪飞:王老师……

王老师:(慢慢走过来)我说没说过,不可以私自上冰场。

白雪飞:我——

王老师:我不听解释,都是借口。

白雪飞:对不起。

王老师:(对凌波)你!把鞋脱了,去操场跑5000米!

凌波:啊?王老师,就饶了我这次吧!

王老师:快去!

凌波:是!(赶紧离开冰场)

王老师:你是不是觉得自己滑得很好?随便滑一滑就赢了冰雪社的主力。

白雪飞:我没有——

王老师:(摆手)从现在起,你就是冰雪社的新成员。

白雪飞:老师,我——

王老师：如果你拒绝，就不要再来体育馆工作了。我会和学生处说，你胜任不了这份工作。

白雪飞:老师……

杨阳:老师,他不是故意的,您别去找学生处。

王老师:白雪飞是吧,后天下课,来参加训练。(见白雪飞不说话)听到没！

白雪飞:是！

【王老师走了。

杨阳:雪飞,我觉得,王教练,喜欢你！恭喜你,加入冰雪社！

【白雪飞犯难地挠挠头。

第八场

【半个月后。

【凌波和杨阳一起走进冰场。

【白雪飞已经在冰上练习了。

王老师:白雪飞!单脚支撑,左腿放松!三点一线!身体太高了!

凌波:天啊!他怎么比昨天还早!天天都是第一个到,最后一个走,大一不是课很多吗?

杨阳:雪飞才练了半个月,基本姿势和动作要领都学会了,他还真是有天赋。

凌波:输给大一新生,我看我这个大师哥真是人财两空。

杨阳:师哥,这个成语好像用得不太恰当。

凌波:反正是输了。这小子有点意思。

【王老师走过来。

王老师：杨阳，你来一下。

杨阳：好的老师。

【王老师和杨阳下。

【凌波看着白雪飞滑冰，哼了一声，走开了。

【杨阳失落地回到冰场边，白雪飞滑冰过来，戴上刀套，和杨阳坐在休息区。

白雪飞：杨阳，你怎么了？王老师和你说什么了？

杨阳：王老师说，要我考虑退出冰雪社。

白雪飞：啊？为什么？你滑得很好啊！

杨阳：王老师说，我虽然跳得很美，但是没有激情，这样再跳下去也是没有意义。

白雪飞：（不知怎么安慰）我真的觉得你跳得很好。

杨阳：你很喜欢滑冰，是吗？

白雪飞：嗯，喜欢。

杨阳：你是怎么喜欢上滑冰的？

白雪飞：从小就喜欢。但是我没机会学，我都是看电视学的。

杨阳：这可能就是天赋吧。我听说，王老师还希望你参加今年的大学生运动会。

白雪飞：我还没想好。

杨阳：你应该参加，学校这几年成绩都不太好。

如果取得了名次,还有奖金呢。

白雪飞:你会参加吗?

杨阳:我去年参加了,预赛走了一圈,就没有然后了。我……其实不喜欢滑冰。

白雪飞:那你为什么要练花样滑冰?

杨阳:你知道,我是新加坡交换生,新加坡很热的,没什么人滑冰。我本来是学芭蕾舞的。但我妈妈觉得,学芭蕾的人太多了,所以要我改学花样滑冰。

白雪飞:你和你妈妈说过你的想法吗?告诉她,你不喜欢滑冰。

杨阳:我说过,但是没有用。我爸爸……很早就过世了,我妈妈很紧张我,所以我从来不会违拗她的意思。你呢?你妈妈支持你滑冰吗?

白雪飞:不支持,我小时候很喜欢滑雪,我还梦想当滑雪运动员。因为我叫白雪飞,就是你说的,茫茫雪原上自由翱翔的小飞侠!我想飞。

杨阳:你滑冰的时候很自由,很享受,那是热爱滑冰的人应该有的幸福感,可我没有。我觉得压力很大。

白雪飞:杨阳,你滑冰的时候很优雅,就像一个女神,但是是断臂的维纳斯,并不快乐。如果你能重新跳芭蕾的话,也许你的双臂会重新长出来。

杨阳:(扑哧笑了)明明是很感动的话,怎么听起来像恐怖片一样。

白雪飞:(也笑了)我……我不太会说话。除了我妈和林霁。我没怎么和别的女孩说过话。

杨阳:林霁,就是那个经常来找你的女孩?她好像很喜欢你。

白雪飞:我们从小就认识,我拿她当妹妹。她就是缠人的小鸡。

杨阳:小鸡?

【林霁忽然跑出来。

林霁:我叫林霁!树林的林!雨后天晴的霁!

杨阳:(吓了一跳)啊!

白雪飞:林霁!你干什么突然跑出来!

林霁:有人说我坏话,我耳朵痒痒!

白雪飞:谁说你坏话了。

林霁:(忽然笑嘻嘻)师姐,滑冰好不好玩?你们还要不要人?我也会滑冰!

杨阳:欢迎,只要喜欢滑冰的同学都可以参加冰雪社。

林霁:(对白雪飞)我要借冰鞋。

白雪飞:你别捣乱,回家去。

林霁:干吗,冰场是大家的,我要滑冰!

白雪飞:好!你等着!

【白雪飞下去拿冰鞋。

【杨阳准备离开冰场,被林霁拦了下来。

林霁:师姐,我有话要和你说。

杨阳:和我吗?你要说什么?

林霁:师姐,你不了解白雪飞,我们俩5岁就认识了。

杨阳:所以呢?

林霁:(努力组织语言)有些事,不是努力就能做到的,别给他太大的幻想,他承受不了。

杨阳:我不太明白。

林霁:哎呀,总之,你离他远一点!也别老劝他参加比赛什么的!

杨阳:为什么?他确实滑得很好,这么短时间就已经比练习两年的同学都厉害了。

林霁:你什么都不知道!总之,如果你伤了他的自尊,我饶不了你!

【白雪飞拿着冰鞋回来。

白雪飞:(冷森森)林霁,请你对我的朋友说话客气一点。你不是来滑冰的,冰鞋不能借给你,你走吧。

林霁:白雪飞!你天天待着冰场里,你都快冻起来了!你不应该在冰窟窿里待一辈子,你不比别人差,你应该把你的滑板车扔了,回到平地!你信不信我告诉你妈!再也不让你滑冰了!

白雪飞:(赌气)你去啊!反正你会打小报告!

林霁:你别骗自己了,你哪儿是来滑冰的?!你根本就是来——就是来泡妞儿的!

白雪飞:(生气地推林霁)别胡说!

【林霁一屁股坐在地上。杨阳赶紧去拉她。

林霁:谁要你扶!(迅速起来)白雪飞,你就会欺负我!我再也不理你了!(跑下)

【白雪飞没有说话,杨阳满头雾水。

杨阳:是不是有什么误会?我怎么听不懂她说什么?

白雪飞:没事,她……算了。对不起,你别在意。

【白雪飞回到家,疲惫地躺在床上。

【韩冰很高兴地进门。

韩冰:小飞,妈妈发奖金了!周末我倒休,带你去商场买平板电脑吧!再给你买几件新衣服!

白雪飞:周末要去体育馆打工。

韩冰:哦,那我叫小鸡一起去。她今晚怎么没过来?没有她在旁边叽叽喳喳,我还有点不适应。

白雪飞:难得清静。妈,我累了,先去睡了。

【白雪飞回到卧室,手机响了,是林霁打来的。

白雪飞:喂。

林霁:(出现在舞台后方,深呼吸)小飞哥哥,我有话说,你别打断我,也别挂我电话。

白雪飞:你说。

林霁:我想了很久,还是决定告诉你。我之前很害怕,怕告诉你,你就不理我了。可如果我现在不说,我怕来不及了。

白雪飞:那就快说。

林霁:我……我喜欢你!你知道的,我从小就喜欢跟在你屁股后面,我想一辈子都这样。

【白雪飞沉默了。

林霁:你别着急回答我!答应我,认真想想我的话。

白雪飞:小鸡,你是我的妹妹。

林霁:(哭了)我明白了,你喜欢"小太阳"。

白雪飞:和她没关系。

林霁:你是白雪,我是雪后天晴,我们是绝配。这是我们第一次见面的时候,白叔叔说的。小飞哥哥,杨阳是小太阳,你们不合适,太阳一出来,冰雪就化了。

【白雪飞挂掉电话,发呆。

白雪飞:太阳一出来,冰雪就化了……

【远处,林霁无声地哭着,然后又打了一个电话。
【韩冰忽然冲进门来。
韩冰:白雪飞!
白雪飞:您怎么不敲门啊!
韩冰:你参加了学校的冰雪社,是吗?
白雪飞:靠!
韩冰:回答我!
白雪飞:(低声)林小鸡!
韩冰:你答应过我,一辈子都不滑雪!
白雪飞:我没有滑雪,我只是在室内的冰场滑冰。
韩冰:明天就退出,你不去的话,我去找你们老师!
白雪飞:妈!您干什么啊!
韩冰:没商量!您必须退出!
白雪飞:妈!您能不能别这么偏执,爸爸遇到车祸是意外,您能因为这个就这么恨滑雪滑冰,这之间根本就没有关系!
韩冰:没关系?如果你爸爸不喜欢滑雪,他就不会死!如果他不喜欢滑雪,我的儿子就不会变成瘸子!听我的,妈妈不会害你!我当初就是太纵容你爸爸了!

白雪飞:所以,您怕我也死,是吗?怕我因为滑冰死掉?

韩冰:对!我怕你死掉!我只有你了,我不想让你出事!

白雪飞:所以您就玩命的工作,把我扔给林叔叔和林霁照顾。您不愿意看见我,我知道。我让您想起爸爸,我让您做噩梦。您知不知道全世界每天有多少人遭遇交通意外?几百万人。您讨厌下雪,可我叫白雪飞。爸爸说过,我天生就应该在雪上飞!可我瘸了,我再也飞不起来了!

韩冰:你和你爸爸一样,自私!

【全场黑。

第九场

【当夜,公园。

【白雪飞坐在长椅上,天空开始飘下零星小雪。他伸出手触碰,雪花瞬间融化了。

【白长风出现在白雪飞身后。

白长风:小飞,你不该这么气你妈妈。

白雪飞:爸爸……我知道。可是,我真的很喜欢滑雪,可我是个瘸子。我一辈子都不可能像爸爸那样,在雪地上自由自在地飞。

白长风:起码,你还可以滑冰。

白雪飞:可是妈妈连滑冰也不让。这是我唯一的爱好了。如果真的喜欢做一件事,就算了为它死了,也是值得的!

白长风:妈妈害怕,你知道的。爸爸也很后悔,如果时间重来一次,我绝对不会带你去滑雪。儿子,你怪我吗?

白雪飞:不,爸爸,我不怪您。

白长风:儿子,你答应过妈妈一辈子都不滑雪,你也一直兑现着自己的诺言。如果你觉得不让你滑冰,你就会死,那你就去告诉妈妈。她会理解的。

白雪飞:对不起,爸爸,我没照顾好妈妈,我什么都干不了……从我变成瘸子以后,妈妈连碗都不让刷。好像我真的是个残废。

白长风:她太爱你了。你是她的儿子,不是残废。

白雪飞:爸爸,如果杨阳知道了我是瘸子,她还会和我做朋友吗?

白长风:如果杨阳是瘸子,你还愿意和她做朋友吗?

白雪飞:愿意!

白长风:(笑笑)那你是对自己没信心,还是对你的朋友没信心呢?

白雪飞:我对自己没信心,我不知道,自己行不行……

白长风:别害怕,儿子,你可以!你可以!

【白长风随着风雪飘散消失。
【林霁慢慢走来。

林霁:大半夜里不怕掉到冰窟窿里吗?

白雪飞:你不是说不理我了吗。

林霁:又不是我要来的。阿姨担心你。

白雪飞:林霁,你就是个特务!

林霁:我是双面间谍!里外不是人!

白雪飞:还生我的气吗?

林霁:生气能怎么着?掐死你不成?

白雪飞:(一本正经)小鸡。

林霁:干吗?

白雪飞:如果我说,我想认真训练,参加大学生运动会,你会支持我吗?

林霁:当然支持!你有把握?

白雪飞:没有。

林霁:那你为什么要参赛?

白雪飞:我想试试自己到底行不行,我不想再偷偷摸摸滑野冰了。而且——而且赢了比赛还有奖金。

林霁:小飞哥,成绩不重要,相信我,你滑得很好!应该让所有人都看到,白雪飞是个天才!

白雪飞:我不想让大家看到我。我只想滑冰。

林霁:我这几天说了好多你不爱听的话,现在我要再说几句难听的。

白雪飞:还有什么更难听的?你怎么这么多难听的话?

林霁：从小学到大学，你每天都是第一个到教室，最后一个走，尽量不在大家面前走路。中学以后，你去哪儿都滑着滑板车，你怕别人看到你腿瘸。其实，你真的不是很瘸，不仔细看看不出来，是你把自己的跛脚无限放大了！

白雪飞：记得五年级的时候吗？

林霁：隔壁班的王胖子抢了你的滑板车，还说你是瘸子。

白雪飞：你疯了似的和他打架，你那么小，又打不过他。我只能上去帮你，结果我被王胖子打得满地找牙。

林霁：你保护了我。我当时就决定长大以后要嫁给你。

白雪飞：(笑了)你怎么那么早熟。

林霁：小飞哥哥，你喜欢杨阳师姐，是吗？

白雪飞：唉……

林霁：她不知道这些，对吧？

白雪飞：你要说什么？

林霁：其实你一直在逃避，其实很多同学都知道你有一点跛脚，只是他们不当着你的面说。喜欢一个人，就得接受他的不完美，我可以接受。如果你喜欢杨阳，就应该实话和她说。如果她嫌弃你，那她就不配喜欢你。

白雪飞:(笑着揉林霁的头)还教育起我来了!你就是一只小鸡,当心我炸了你吃鸡腿!

林霁:我们是不是和好了?

白雪飞:和好了。那你愿不愿意去帮我说服我妈,同意我参加训练和比赛?

林霁:那你得请我吃螺丝转儿!

白雪飞:没问题,想吃几个买几个!

【白雪飞和林霁开心地笑着,一起在幽暗的灯光下回家去了。

第十场

【一个月后,体育馆,人声鼎沸。

【冰场边的长椅。

【画外音:各位同学,下面公布男子 500 米速滑通过初赛的名单:第一名白雪飞,第二名凌波……

【白雪飞坐在座椅上喝水。

杨阳:雪飞,你真厉害!预赛第一!半决赛就可以用第一赛道了!

白雪飞:还得谢谢你,这一个月每天都陪我一起训练。

杨阳:还要谢谢王老师!要不是他的魔鬼训练,你也不会进步这么快。

白雪飞:一会儿就是半决赛了,我一定能进决赛。不知道我们两个项目的半决赛是不是一个时间?

杨阳:我们都要加油!我还真有一点紧张。

白雪飞:(犹豫片刻,拿出一个小盒子)送给你。

杨阳:(惊喜)送给我?是什么?

白雪飞:打开看看。

杨阳:(打开盒子,里面是一条925银的项链)啊!是小太阳!谢谢!

白雪飞:这其实是——对,是小太阳,你喜欢就好。

【凌波忽然出现在杨阳身后,一把抢走项链。

凌波:哟,项链?这是太阳吗?做得这么粗糙,我看不像。

杨阳:师哥?你——

白雪飞:还给她。

凌波:别这么小气,看看怎么了?

白雪飞:师哥,请你把项链还给杨阳。

凌波:干吗,一条破项链,又不贵,别激动。就算弄坏了,我赔你十条八条不成问题!要是钻石的,我没准现在就还给你,那我还真赔不起。

杨阳:凌波,你别闹了,快还给我。

凌波:杨阳,我真不明白,你喜欢这小子什么?

杨阳:你别胡说,我们是好朋友。

凌波:好朋友?嗯,朋友。杨阳,你太单纯,别被人骗了。

杨阳：你什么意思？

凌波：你们是不是只在冰场见面，你从没在别的地方见过他吧。

杨阳：那又怎么样？

凌波：所以，你从没见过他走路吧？

杨阳：你到底要说什么？

凌波：（对白雪飞）还要我说吗？哼，装什么冰上小王子，也就是骗骗杨阳这么单纯的女孩！

白雪飞：我没骗她！

凌波：哦，没骗她。那你脱了冰鞋，走两步。

杨阳：师哥，你干什么呀！

凌波：师妹！我这是帮你看清骗局呢！知人知面不知心！怎么着？白少爷，不会脱鞋？你那跟屁虫小丫鬟呢？平时都是她替你脱鞋？

白雪飞：你胡说什么！

凌波：哟，发火了！（厉声）快脱鞋！不然我替你脱！

白雪飞：无理取闹，我走就是了。（转身要走）

【凌波人高马大，拦在白雪飞身前。两人推搡起来。凌波一拳把白雪飞打倒在地，把他压制在身下，脱掉他的冰鞋。白雪飞极力挣扎。杨阳吓得愣住了，等到想去上前帮忙，已经来不及了。白雪飞被脱掉了冰鞋,凌波又把他拽得站起来。

凌波:走啊!走!你不敢走?你让杨阳看看!你到底是什么人!

【白雪飞绝望地看着杨阳,一瘸一拐地走了几步。杨阳有些惊讶。

凌波:你就是个瘸子!

【冰场里回荡着凌波的嘲笑"瘸子"!"瘸子"!

【白雪飞急了,扑上去和凌波扭打起来。

【切光。

【一束追光。

【王老师面色如霜。

王老师:在冰场当众打架,还是为了一个女孩,你们可真有出息!你们是来滑冰的吗?冰雪社不需要这样的成员!

【《悲伤圆舞曲》,一直延续到下一场开始。

第十一场

【当晚。

【白雪飞把自己关在房间里。

【一束追光,林霁在外面敲门,白雪飞毫无反应。

林霁:小飞哥哥,你开门,让我进去!我们聊聊好不好?

【林霁唉声叹气。

【追光收。

【门打开了,韩冰走进来。白雪飞抬头看,韩冰示意自己有门钥匙。她坐在白雪飞身边,安静地陪着儿子,忽然笑了。白雪飞不解。

韩冰:(笑)要是听我的,退出冰雪社,不就不用挨揍了。

白雪飞:妈!

韩冰:儿子,你和别人打了一架,我其实挺高兴。

白雪飞:您高兴?

韩冰:对,我一点都不生气。这起码证明,你愿意和别人交流了。虽然是,用拳头交流,还打输了。

白雪飞:妈,您什么时候变得这么幽默了。

韩冰:小飞,你很固执,这点很像我。我们认定的道理,别人是说不通的。我当年劝不住你爸爸,现在也劝不动你。但是不管你怎么做,妈妈都会陪着你。(拿出一顶帽子)给,这个,我一直留着。

白雪飞:(不敢相信)这是……爸爸送我的滑雪帽!您没把它扔了?

韩冰:没扔。我一直在骗自己,就算你不滑雪,你也会遇到各种危险。比如,和别人打架打掉几颗牙,上学路上掉进井盖里,或者吃鱼被鱼刺扎到……你那时候那么小,我真怕你出意外,每天都战战兢兢。每天晚上你睡觉我都会忽然冲进你房里,看你是不是被枕头捂住了。你爸爸的离开给我的刺激太大了……你以为我真的不知道你一直偷偷滑旱冰吗?你衣服上和裤子上经常有血印。别怪妈妈,我只是受不了再失去儿子。

白雪飞:(无声地掉泪)妈……

韩冰:别哭,记得吗?妈妈和你说过,磕着碰着也不许哭鼻子。妈妈没本事,没能给你好的生活。你记住,你不是瘸子,你是好样的。妈妈虽然没见过,但是小鸡说在冰上你比任何人都棒。你可以飞。

白雪飞:(泣不成声)妈妈,我把您的一生都毁了……

韩冰:不,没有你,妈妈早就疯了。戴着你爸爸送你的帽子,去参加比赛,赢不赢都无所谓。告诉他们,我儿子,是个滑冰天才!

白雪飞:妈妈,您能来看比赛吗?

韩冰:(忍住不哭)不行,儿子,现在是旺季,请假会扣钱的。

白雪飞:(破涕为笑)我一定会进决赛的!

韩冰:妈妈相信。

【白长风出现在母子二人身后,安心地看着他们,微笑。

第十二场

【决赛日。

【广播:下面将要进行的是男子500米速滑的总决赛,请各位选手做好准备。

【白雪飞马上就要上场了,他有点紧张。

【林霁紧张得在一旁走来走去。

林霁:小飞哥哥,你千万别紧张!你就随便滑,拿出在公园滑野冰一半的实力就够了!

白雪飞:你别走了,晃得我眼晕。

林霁:(拿出螺丝转)我给你准备了夺冠神器!吃一个!肯定得冠军!不行,吃两个吧!一个人两只冰鞋呢!

白雪飞:(笑)等我赢了再吃。

【杨阳走过来。

杨阳:雪飞,加油。

白雪飞:恭喜你,得了亚军。

杨阳:谢谢,就等你的好消息了。

【白雪飞和凌波走到冰面,摆好准备姿势。

【白长风画外音:小飞,重心压低,保持平衡,别害怕,往前滑!

【发令枪响!

【音乐,《施特劳斯圆舞曲1(红杉仔)》。

【决赛变成了一出黑光剧。冰面后面是白色的幕布,穿着白衣服的演员将白雪飞高高举起,他自由自在地滑啊滑,把所有人都甩在身后。凌波被抬着离开了赛道。

【台上只剩下白雪飞,他的身边变成了一片白茫茫的雪原,他真的飞了起来!他飞翔,超过太阳、月亮、群星……

【白长风画外音:小飞,我的儿子,你真的飞起来了!

【天空下起纷纷扬扬的大雪。

【在音乐的最高潮,白雪飞冲过了终点。

【广播:冠军是,白雪飞!

【全场沸腾,叫好声不断。

【白雪飞回到了现实,韩冰冲过来,激动地抱着白雪飞反复亲着他的脸颊。

白雪飞:妈?! 您怎么来了?

韩冰:我和经理说,你不让我去看我儿子比赛,我就辞职!

白雪飞:妈,谢谢您。

韩冰:好儿子。你爸爸要是能看到,该有多好。

白雪飞:小鸡呢?

韩冰:刚才还在呢,这孩子,跑哪儿去了?

【王老师走过来,一脸严肃。

王老师:小子,你刚才节奏乱了知不知道?基本功还得练,下周训练的时候,看我怎么训你!

白雪飞:是!教练!

【王老师下。

【林霁戴着白雪飞送的小鸡帽子,刚跑过来,就看到杨阳走了过来。

杨阳:恭喜,冠军!

白雪飞:谢谢!

【杨阳微笑着不说话。

白雪飞:(咳嗽)林小鸡,有点眼色好不好!走开啦!

林霁:(掩饰失落)你们聊吧,冠军先生,亚军小姐!(下)

【杨阳拿出项链还给白雪飞。

杨阳:还给你。别误会,我只是才看清楚,这不是小太阳,是雪花。有人比我更适合它。下周训练时候见!

白雪飞:(拿回项链)再见!

尾声

【公园,林霁坐在长椅上,失落地把帽子摘下来。
【白雪飞一瘸一拐地跑过来。
林霁:(高兴)小飞哥哥!(噘着嘴坐下)你是不是和小太阳好了?算了,你还是别和我说了,我不想听。
白雪飞:我的螺丝转儿呢?我说了,得了冠军要吃。
林霁:(拿出螺丝转)给你!
白雪飞:(拿出项链)不白吃,和你换!
林霁:呀!雪花!真好看!送我的?
白雪飞:送你的。
林霁:给我戴上!

【白雪飞把项链给林霁戴上,林霁高兴得蹦蹦跳跳。白雪飞安心吃着螺丝转儿。

白雪飞:小鸡。

林霁:干吗?

白雪飞:唱个歌来听听。

林霁:好呀,我想想,就唱《踏雪寻梅》吧!

"雪霁天晴朗,腊梅处处香,骑驴把桥过,铃儿响叮铛。响叮当,响叮当,响叮当,响叮当,好花采得瓶供养,伴我书声琴韵,共度好时光!"

【天空开始下雪。

【音乐《南方玫瑰圆舞曲》。

【收光。

【全剧终。

【电影剧本】

寻梦女孩

Dream girl

作者：李新民（神秘老太）
部分作词：王春根（白马金铃）

作者简介

李新民（神秘老太），编剧，退休中学教师，吉春文学院作家班客座教授。电影剧本三部《寻梦女孩》《迷女孩》《梦幻别墅》；电视剧本三部《大山里飞出的金凤凰》《音乐奇才的烟霾人生》《和命运搏击的女人》；微电影剧本六篇；长篇小说《凄美哀婉的苦恋》《穿小貂的乞丐》《如花似玉的女孩》《教育世家传奇》等七部。

序幕

在悠扬欢快的电影《刘三姐》的片头曲中,一轮红日喷薄欲出、朝霞满天的美丽晨景,色彩由淡变浓。犹如进入仙境的桂林山水在慢慢划过。青山、绿水、奇洞、美石展示它独特的美艳绮丽。漓江像一条蜿蜒的玉带,缠绕在苍翠的奇峰之中。江水清澈碧透,奇峰倒影尽在水中,如诗如画。江面上从远处驶来一艘游艇,由小到大,渐渐清晰。

清脆明丽的歌声悠扬悦耳。游艇上一位白裙女孩,迎着朝阳,望着远山,飘然渐进。

吕蝶:(晨风吹拂着她的纱裙,旭日的光辉把她的头发染成金黄色。她手扶栏杆,尽情畅抒胸怀。)

(唱)山顶有花山脚香,桥底有水桥面凉,
　　心中有了难解谜,唱起山歌心舒畅。

山歌好比漓江长,源源不断向远方,
若是有人来配唱,漓江两岸歌声响。
山奇水秀好风光,浓墨重彩在画上,
山歌涌出心里美,忘了忧愁眼前亮。

【游客听到歌声,纷纷走出船舱,来到吕蝶身边。

阿牛:(故意搭讪)小妹妹,你是谁呀?

吕蝶:我不是小妹妹,我是你姐。

阿牛:(大笑)你!你是我姐?

吕蝶:是呀,我是刘三姐。

【众人哈哈大笑。

阿牛:刘三姐是民间传说的壮族人物。聪慧机敏,歌如泉涌,优美动人,有"歌仙"之誉。都好几百岁了,难道你真是刘三姐穿越来的?

吕蝶:我不是穿越来的刘三姐,我是新刘三姐。

众人:哈哈!你是新刘三姐?

吕蝶:我就是新刘三姐。

阿牛:你来这里干什么?

吕蝶:我是来寻梦的。

【全屏。吕蝶头像被飞溅的浪花覆盖。鲤鱼跳龙门,一个个金灿灿的鲤鱼幻化成"寻梦女孩"四个大字,定格。

场景一　漓江游艇上(外)(晨)

老者:小姑娘,听口音你是东北人吧?

吕蝶:我是长春市人,刘三姐那部电影就是长春电影制片厂拍的,我妈还去当群众演员了。我会说话妈妈就教我唱刘三姐的歌。

阿牛:小妹妹,你叫什么名字?来这旅游哇?

吕蝶:我叫孙石坚,孙悟空是我哥们儿。我也姓孙,石头的石,坚硬的坚。

老者:这可不像女孩的名字。

吕蝶：现在的人都重男轻女, 所以我自己改了名,都说女孩柔弱,我就不信邪!我像石头那么坚硬,风吹不动,雨打不动,人搬不动,斧子凿子费尽力气你只能打个坑。

老者：好孩子！有志气，一定错不了。

阿牛：孙石坚，你大老远地跑到桂林来，就是为了游山玩水吧？

吕蝶：NO！NO！NO！我是来寻梦的。

阿牛：寻梦？到哪寻梦？

吕蝶：到刘三姐的故乡呀。

阿牛：(欣喜若狂，情不自禁地抓住吕蝶的手)太好了！太好了！我就是刘三姐故乡的。刘三姐原来出生在天河县下里的蓝靛村，现在的罗城下里乡蓝靛村。我们那里还有她故居的遗址呢。我们村姓刘的可多了，我们刘姓的族谱还有记载。下里离罗城的县城很近，刘三姐常到罗城去唱山歌。

吕蝶：这就叫踏破铁鞋无觅处，得来全不费工夫。小帅哥，你叫什么名字？我怎么才能去你们那里？

阿牛：我叫刘天，大家都叫我阿牛。你要去找我，找刘天没有几个知道的，你要找阿牛几乎没有不知道的。

吕蝶：阿牛哥，你把地址写给我，我在这游览两天，就去你们那里。(从背篓里拿出个小日记本和笔，递给阿牛)阿牛哥，你最好写清楚我从桂林出发，得坐什么车才能到你们那里？

阿牛：好好好！我详详细细写给你，把我的手机号也告诉你，你去我就给你当向导。

吕蝶:谢谢！谢谢！阿牛哥。

【她把阿牛写好的小本子放到背篓里。

（一位身材魁梧的大帅哥,站在吕蝶背后,始终在听他俩对话。当吕蝶和阿牛拜拜时,他弯下身子,低下头和吕蝶耳语。）小姑娘,出门在外,人生地不熟,不要谁说什么你都信,小心受骗上当。

【吕蝶刚要看他是谁,大个子已经进了船舱。

场景二　象鼻山景点(外)(日)

【吕蝶在象鼻山景点下了船,几个流里流气的小地赖子时而跟在吕蝶身后,时而跑到吕蝶面前,对吕蝶进行挑逗。

甲:(高声唱道)美丽的姑娘见过万千,独有你最可爱……

乙:(怪声怪调)路边的野花你不要采。

众:(凶相毕露)不采白不采！

丙:(继续挑逗)妹妹前面走,哥哥跟后头,喊声妹妹,你千万别快走。哥哥看你口水流,你快快让我亲一口……

众:(起哄)别唱了！看！小妹妹走远了。快追吧！

【吕蝶惊恐万状,突然跑了起来。

【船上那个大个子霍克,急忙跑到小地赖子跟前。

霍克：人渣，我警告你们，我这拳头可不是吃素的，你们胆敢对女孩行为不轨，小心我打得你们没处找牙！

甲：(色厉内荏)你谁呀？胆敢在我太岁面前充大尾巴狼！

霍克：(威风凛凛)小子，你胆子不小哇！胆敢骂我？我行不更名，坐不改姓，我是跆拳道教练霍克。

乙：(媚态百出)久仰久仰！久仰哥哥大名，打遍天下无敌手。小弟有眼无珠，敬请原谅。

【乙与甲丙耳语，拉着同伙跑了。

【吕蝶跑得上气不接下气，看到小流氓们没有追上来，便依靠在一块大石头上休息。当她发现后面又有人跟上来，便急急忙忙起来，大步走着。又有两个流里流气的渣男始终尾随吕蝶，霍克发现后，急走几步，走在吕蝶和这两人中间。当吕蝶走到一个人迹罕至的地方，渣男立即蹿上去，抢走了吕蝶的挎包，跑得非常快。

吕蝶：(大声呼叫)抓小偷呀！快快快！我的包被抢了！

【霍克飞快地跑过去，三拳两脚把小流氓打趴下了，夺过挎包，走到吕蝶跟前。

霍克：给你！注点意，一个独身女孩，不要到这人少的景点。旅游旺季，这里什么人都有。

【没等吕蝶表示感谢他已经走远了。

场景三　桂林火车站(外)(日)

【吕蝶拉着旅行箱,背个大兜子,还拎着个大塑料袋跟在长长大队后,往进站口走去。过来一个戴墨镜、戴鸭舌帽的男人,走到吕蝶跟前。

鸭舌帽:我是到车站为旅客服务的义工,(把身上的胸牌举给吕蝶看。)我叫刘亮。我是来为您服务的。我看您的东西实在太多了,我帮您把东西送上车。

吕蝶:(婉言谢绝)不用了,我东西不多。谢谢!

鸭舌帽:您不必客气,帮助旅客是我们应尽的义务,您放心。请您告诉我您在几车厢?多少号?我先通过我们的内部通道给您送上车。

【不容吕蝶分说,抢过拉杆箱和大背包,迅速地消失在人海里。

【吕蝶东张西望还是没见人影,只好随同排队的旅客们进站上车。

场景四　火车里(内)(日)

【吕蝶到车上根本没找到鸭舌帽,焦急万分,从上车的人群中挤下来。看看站台上的电子钟,自言自语。

吕蝶:真糟糕,所有的东西都在旅行箱里,钱和手机都在包里。怎么办?急死人了!(问站台值班员)您看到一个戴鸭舌帽的义工了吗?

值班员:什么义工?

吕蝶:就是帮旅客拿东西的义工,我所有的东西都在他那里。

值班员:孩子,你上当了!我们车站从来没有义工,赶快到车站派出所报案吧!

场景五　派出所门前(外)(日)

【吕蝶坐在派出所门前的石台上泪流满面。

【一位扫马路的阿姨,走到吕蝶跟前。

阿姨:孩子,你怎么了?

吕蝶:我所有的东西都被骗子骗走了,现在我什么都没有了。

阿姨:赶快报案呀!

吕蝶:我报案了,可是我在这等了快一天了,还是一点影都没有。

阿姨:看你这样好像一天都没吃东西了吧?走,阿姨领你上前面的快餐店吃点东西吧!

吕蝶:不用了,谢谢您阿姨!我什么都吃不下,急死人了。

阿姨:你别在这傻等了。我一会下班来接你,到我家吃点东西,晚上好好睡个觉,明天再来问吧。说好了,你可别走,一会儿我来接你。

场景六　一个商店门前(外)(夜)

【雨夜,吕蝶冒雨跌跌撞撞走到一家商店门前,坐在台阶雨搭下躲雨。她被淋得全身湿透了,有点瑟瑟发抖。

吕蝶:(画外音——唱)

如今追梦实在难,好比险滩水上船。

狂风巨浪都要闯,偏偏被骗没钱。

吕蝶虽然变石坚,暴雨倾盆不能眠。

寸步难行没吃住,屋檐下面泪涟涟。

要想回头也不难,答应爹妈苛条件。

只要开口向妈要,大把钞票花不完。

吕蝶决心成歌仙,不管千难和万险。

誓不回头往前闯,头破血流心不变。

【瑟瑟发抖的吕蝶渐渐进入梦境。

霍克:(擎着雨伞,顶风冒雨向前走,嘟嘟囔囔地)这个鬼天气,一辆出租车都没有。(一个闪电过后,是震天动地的雷声。他借助闪电的亮光,发现蜷缩在屋檐下的吕蝶。他急忙跑过去,吃惊地喊。)小妹妹,这么大的雨,你怎么在外面不回家呢?

吕蝶:(稀里糊涂地说)我,我没有家。

霍克:你是不是惹祸了?让爸爸妈妈撵出来了?

吕蝶:(声音非常微弱)我没有爸爸妈妈。(闭上眼睛再也不吱声了。)

霍克:(焦急地蹲在地上想把吕蝶叫醒)小妹妹,你怎么了,哎呀!怎么这么热呢?原来发高烧!你快起来我带你去医院。

【吕蝶还是没有一点反应。

【霍克扔掉雨伞,把吕蝶抱起来,到马路边上去等出租车,可是一辆车都没有。霍克只好换个姿势,把吕蝶背起来,冒雨向前面走去。

场景七　医院急诊室(内)(夜)

霍克:(把吕蝶背进急诊室,放在床上,仔细一看,十分惊诧。)哎呀!这不是在船上唱歌的那个女孩吗?

医生:(处理完前面那个患者,来到床前问)她怎么了?

霍克:我也不知道,反正她发高烧,还昏睡。

医生:什么时候开始发烧的?

霍克:我也不知道。

医生:你是她什么人?怎么一问三不知?

霍克:我下夜班在路上碰到的,她在商店的屋檐下,任凭暴雨淋着,怎么也叫不醒。我一摸她发高烧,就把她背来了。

医生：你先给她量量体温。(把体温计递给霍克)

霍克：(举着体温计,不敢掀开她的衣服放在腋窝里。他为难地和门口的护士说。)请您把体温计放到她腋窝里。

护士：(疑惑地看了霍克一眼,顺口说）莫名其妙！

医生：把体温计拿出来吧！

【霍克又去叫护士,护士瞪了他一眼。

霍克：(低声解释)我不认识她,一个女孩子,我怎么能撩她衣服呢？

【护士吃惊。

医生：(看体温计)她在发高烧,已经39.6摄氏度了。你带她到二楼验血,到一楼拍X光片。她叫什么名字？

霍克：我想一想,叫什么了？啊！想起来了,叫孙石坚。孙悟空的孙,石头的石,坚硬的坚。

【医生把写好的单子递给霍克,霍克背着吕蝶楼上楼下去检查。

吕蝶：(稀里糊涂)你是谁呀？我不认识你,你为什么背我。我好困,我好渴。

【霍克把吕蝶放在椅子上,到小卖店给她买矿泉水。给她喝完水,拿着各项检查结果,背着吕蝶回到急诊室。

医生:(看完片子和化验单说)她是大叶肺炎,必须住院。

霍克:(为难了)住院?押金多少钱?

医生:先交两千元吧!(把住院卡交给霍克)到住院处办手续吧!呼吸内科在四楼。

霍克:(把吕蝶背出急诊室。犹豫过后给朋友打电话。)李哥,我现在在市中心医院,你先借给我两千元,我有急用。哦,我有个熟人得了重病,必须住院。我现在兜里没带钱,好哥们儿,救救急!我在住院处走廊等你,快点送来吧!

场景八 霍克出租屋(内)(日)

【霍克和吕蝶,一前一后走进屋里。

霍克:这就是我的家,房子是租的。在你和家人联系上之前,你先委屈一下,在插间里住几天。

【把吕蝶送到插间里,从他卧室拿来被褥和枕头。

吕蝶:霍大哥,谢谢您!我俩不认识,您不仅救了我,而且还给我垫付住院费。我真不知怎么感谢您才好。等我联系上我的爸爸妈妈,我一定让他们赶快把钱寄来。

霍克:你有病那会儿,我问了你好几次,你都说,你没有家,没有爸爸和妈妈。我在船上也听到你说过你没有家,和孙悟空是哥们儿,你叫孙石坚。这会儿你怎么说和你爸爸妈妈联系呢?

吕蝶:我那都是气话。我有爸爸妈妈,他们的家在深圳,可是我长到十八岁一次也没去过。

霍克:那你在哪儿了?

吕蝶:我从小和我姥姥在一起。姥姥经常有病住院,我妈妈就把我送到长托幼儿园,封闭式的体校和私立艺术学校住宿。初二下学期,我姥姥病故。我妈妈就把姥姥的房子卖了,我爸爸妈妈也没把我接走,送到老师家寄养。这回考完大学,我以为会和他们团聚,可是我爸爸给我寄来五千元,让我自己找房子,找工作。我一怒之下就来到广西,我想到刘三姐故乡去采风。玩够了,我再回深圳找我爸爸妈妈。可是我真倒霉,没等去壮乡,就叫人骗个精光。这要不是遇到您这位好心人,一定饿死、病死在桂林了。您的救命之恩我永远不会不忘的。您给我垫付那么多住院费,我一定让他们马上还给您。

霍克:你呀!不是被抢就是被骗。

吕蝶:你怎么知道我被抢呢?

霍克:在象鼻山你被抢,是我把你的包给你夺回来的。

吕蝶:哎呀呀!我怎么没认出来您呢?霍哥,您真是个好人,是我的恩人,我在危难时刻都是你出手相救的。

霍克：那天在漓江船上，听你和那个壮族小子唠嗑，我就感到你这个东北女孩太容易受骗上当了，所以我对你提出警告，提醒你不要轻易相信陌生人。下船后，我发现有几个家伙跟着你，我怕他们对你图谋不轨，所以我一直跟着你们。当我发现他们对你挑逗时，我就冒充跆拳道教练，把他们都吓跑了。

吕蝶：原来霍大哥不是一次、两次救我，太意外了！霍大哥，我现在就给我爸爸妈妈打电话，让他们赶快把钱打过来。（打电话，打了一个又一个，一个也打不通，急得满头大汗。）对不起！怎么也打不通。

霍克：你往他们单位打，问问怎么回事？

吕蝶：我只知道我爸爸单位名，可是我不知道单位电话号码。

霍克：没关系，我在网上查查看，如果实在找不到，我给你打114问。你不要着急，我去查。你把你爸爸单位的名称和你爸爸的名字写下来。

【递给吕蝶纸和笔。

霍克：你等等我去查查看！（回自己房间）

【吕蝶焦急万分，愁眉不展，泪水涌出。（画外音唱）

　　千军万马过独桥，拼尽全力岸未到，
　　一头栽倒河水里，爹妈不管我哀号。

决心已下往外跑,追梦寻路又触礁,

被偷精光难生存,巧遇恩人没死了。

霍克:(进屋)孙石坚,电话打过去了,一个女的接的,我说找吕钟发,她说他不在。我问去哪儿了?她说他和他夫人到夏威夷旅游去了。我问他们的电话号,她说什么也不告诉我。

吕蝶:(泪如雨下)旅游去了? 我知道他们心里根本没有我。

霍克:你爸爸妈妈对你不好吗?

吕蝶:我从小在姥姥家长大,对他们太陌生了,一年到头看不到几次。我爸爸长什么样我都不记得了,因为至少我有五年没见到他了。

【吕蝶脑海里出现给爸爸打电话的画面。

【情景再现

场景九　女子公寓吕蝶卧室(内)(日)

吕蝶:(给爸爸打电话)爸爸,高考分公布了,文化课我没进线。

吕钟发:专业课你不是得了最高分吗?

吕蝶:文化课不进线不给投档。老师的学生公寓教委不让办了,月末就退房了,我怎么办? 我和妈妈说了,妈妈说她在国外,让我和您商量。

吕钟发:(非常不耐烦)啊呀呀!你不要事无巨细都找爸爸妈妈。你现在已经过了十八岁了,是成年人了,自己的问题自己解决。好好好!我一会儿派人给你打过去5000元。怎么?嫌少?你在中学这六年走后门,花钱进重点校、高价请老师给你补课,让你住条件最好的公寓,我为你已经花了六十多万了。可是你考大学,却没进线,给我们丢尽了脸。我这些钱都打水漂了。你要是复读,明年再考,我照样供你。你要是不想再念了,从现在起你自己处理自己的问题吧!不要再没完没了地向我要钱了。

【回忆结束。

吕蝶:霍大哥,看来一时半会儿找不到我爸爸妈妈,你给我垫付医药费两千多元,真的不能马上还你。我现在身无分文,寸步难行。你就再帮帮我,帮我找到一份工作,我挣到钱一定还你。

霍克:(直拍脑门,冥思苦想,恍然大悟)有了!有了!我们歌舞厅现在正在招聘歌手,你去试试吧!我听到你在船上唱的歌了,的确不错,准能行。

吕蝶:太好了!太好了!我最愿意唱歌了,如果唱歌还能挣到钱,那真是天上掉馅饼。

霍克:来,你准备一首歌,下午我带你去应聘。

吕蝶:我最喜欢歌剧《刘三姐》,我就唱一首三姐和阿牛的对唱吧。霍大哥,你能助唱吗?

霍克:没问题!

场景十　霍克卧室(内)(日)

【霍克非常高兴,拉着吕蝶到他的卧室,拿起吉他,弹起了前奏。

霍克:我走东来他走西,放出金鸡引狐狸,

引得狐狸满山转,日头出东月落西。

吕蝶:日头出东月落西,行人要谢五更鸡,

鸡叫一声天亮了,狼虫虎豹藏行迹。

霍克:妹未忧,

黑夜也有人行走,

人人都讲山有虎,

妹呀,特地拿刀拦虎头。

吕蝶:妹不忧,

浪大也有打鱼舟,

手把舵秆稳稳坐,

哥呀,哪怕急浪打船头。

霍克:风吹云动天不动,水推船移岸不移。

吕蝶:刀切莲藕丝不断,斧砍江水水不离。

吕蝶:山中只见藤缠树,世上哪见树缠藤,

青藤若是不缠树,枉过一春又一春。

竹子当收你不收,笋子当留你不留,

绣球当捡你不捡,空留两手捡忧愁。

两人合唱:连就连,

我俩结交订百年,

哪个九十七岁死,

奈何桥上等三年。

【唱完后,二人击掌祝贺。

霍克:吕蝶,你唱得太好了,一点问题都没有,你一定会成为红歌星的。

吕蝶:霍大哥,你可别夸我了,如果没有你助唱,我也不能发挥这么好。

霍克:小丫头,你真会夸人。

吕蝶:霍大哥,你不说你是打架子鼓的吗?原来你也会唱歌呀?而且又唱得这么好。

霍克:我从小就爱唱歌,一心想当歌星,可是我一连三年考音乐学院都没考上。

吕蝶:你是不是和我一样,文化课没进线?

霍克:我的文化课比艺术生的录取线都高出好几十分,也不是因为我唱得不好。人家说,是因为我没和主考老师单独学习过。每位主考老师都有好多他平时辅导的学生,当然他们得天独厚了。

吕蝶:那你为什么不找主考老师辅导呢?

霍克:因为我家没钱,拿不起辅导费。

吕蝶:原来如此,我在考前和音乐学院的声乐老师学了很长时间,专业课在我们那儿我得了最高分。

霍克:咱俩都是疯狂追梦者,可是却都没考上,真遗憾!吕蝶,走,我们先到楼下吃点饭,然后去歌厅。

吕蝶:(非常为难)可是,我没钱。

霍克:嘿嘿嘿!傻丫头,我请你吃饭的钱还是有的。

吕蝶:霍大哥,你真好,要不是你这么三番五次帮助我,我一定会流落街头,变成要饭的,说不定还会病死饿死呢。

霍克:感激的话先别说,我们先填饱肚子,然后去应聘。

场景十一　路上(外)(日)

吕蝶:(东张西望,车水马龙繁华的街市引起她浓厚的兴趣)我还是第一次到南方来,这里的风景真好,城市也这么美。霍大哥你是本地人吗?

霍克:不是,我也是东北人,我家在黑龙江一个小县城,爸爸妈妈都是小职员,工资都不高。我家是标准的月光族,勉强维持一般的生活,没有积蓄,属于城市贫民。我最后一次考大学落榜后,就决定出来闯一闯。

【霍克滔滔不绝地讲述他闯天下的经历。

【场景再现

一、在建筑工地当力工；

二、蹲马路边等活；

三、婚礼上打架子鼓；

四、在歌舞厅唱歌。

霍克：我是北雁南飞，挣点钱走一走，从哈尔滨到长春，再到天津、北京，一直到广州、深圳。到桂林后，在这甲天下的地方站住了脚，我不打算再走了。就在这里安营扎寨了。

场景十二　刘三姐歌舞厅经理办公室（内）（日）

【这是一个装潢欧式化的歌舞厅，海报、广告有浓郁的地方色彩，可是装潢却与之不搭配。

【老板办公室更显得非常洋气、豪华、富丽。当霍克敲门进屋后，年轻的老板吕浩宇非常热情地站起来和霍克打招呼。

霍克：哥们儿，这就是我在路上捡的小妹妹孙石坚。

吕浩宇：拍拍霍克的肩头，人家都是天上掉下来个林妹妹，你却在马路上捡来个孙妹妹。（亲切地和吕蝶握手）哈哈，霍大哥的确没骗我，小孙的容貌和气质，我已经给满分了。走吧！咱们到歌厅去试唱吧！

场景十三　歌厅（内）（日）

【霍克打开电视和DVD,找到歌剧刘三姐他们练的那段。然后递给吕蝶一个话筒,两人非常投入地唱起来。

【唱完后,吕浩宇非常高兴,猛烈地鼓掌,霍克和吕蝶交换一下眼神,露出得意的微笑。

吕浩宇:让我太意外了,小孙唱得太好了!我没想到霍兄能和小孙配合得这么默契。这样吧!从今天晚上开始,小孙你就来上班。霍哥,你带小孙到服装室选几套衣服,以民族服装为主。你最好再给我找个鼓手,今后你就不要打鼓了,和小孙配唱。还是咱们的老风格,以老电影插曲为主。(回过头来对吕蝶说)小孙,我们按老规矩,一周的试用期,在这一周里,所有的点歌费,我们一分不要。试用期满,每月底薪3000元,外加上点歌费的百分之五十劳务费,你同意吗?

吕蝶:(掩饰不住自己内心的喜悦)我同意!我同意!谢谢经理!

【对吕浩宇深深一鞠躬。

场景十四　歌舞厅(内)(夜)

【富丽堂皇、美轮美奂。光怪陆离的彩灯营造了舞厅亦真亦幻的意境。舞台上的大屏幕投影放映着美丽的桂林山水。

【吕蝶一身壮族服装，镶着白边的粉裙粉衣，头戴造型独特的壮族装饰帽，变成一位典型的壮族美丽少女。她虽然第一次登台演出，但是一点也不怯场，看到身旁一身壮族打扮的霍克，心里有了底。他俩倾情地表演，博得一阵阵雷鸣般的掌声。由于多次返场，他俩又唱了《五朵金花》《芦笙恋歌》《阿诗玛》中的插曲。

场景十五　霍克出租屋（内）（日）

霍克：（敲吕蝶卧室的门）石坚，起来吧！吃饭了！

【霍克把做好的菜饭端到厅里，摆好碗筷，等吕蝶来吃饭。

吕蝶：（洗漱完毕，来到餐厅，坐到霍克对面，不好意思地说）霍大哥，真对不起！这么多天都是你做饭。我也不愿意当寄生虫哇！可是有什么办法呢。我小时候，因为姥姥有病常常住院，妈妈就把我送到长托幼儿园、有住宿生的少年体操学校、封闭式的小学和初中。高中时住在班主任老师办的学生公寓里，我没进过厨房，我连煤气怎么打开都不会，也没看到怎么做饭做菜。再过一个阶段，我钱挣多了，我就去住公寓，我不能这样总拖累你了。

霍克：你不嫌这儿的条件不好，就先住到这，我可以照顾你。我们每天散场都在后半夜，你自己回公寓我也不放心。你不要想得太多,我们都是远离家乡和亲人的人,在一个单位工作,互相照顾点都是应该的。

吕蝶:(回到她的卧室,拿出钱包,取出2500元,到厅里交给霍克。)霍大哥,这个礼拜,我一共挣了3600元,这2500元还你,下月我再还你伙食费。

霍克:你还有什么急用,尽管吱声。我是三个月往家里寄一次钱,所以钱都攒着呢。

吕蝶:谢谢!

霍克:吃完饭我们去看场地。

吕蝶:到哪?

霍克:江边。我建议吕浩宇在江边建个室外歌舞厅,每年这里的游客非常多。我们如果办外歌舞厅,生意一定会红火。现在吕浩宇已经把一切手续都审批下来了,地和原材料都买好了。他让我去给他当参谋,正好我带你去到那去玩玩。以后有时间我要带你去刘三姐水上公园风景区去开开眼界。

场景十六　路上,出租车里(内)(日)

霍克:(接吕浩宇电话)知道了,知道了!我们在路上,二十分钟一定到。

吕蝶:经理电话吗?

霍克:不是他还有谁?他一天也离不开我。这个在国外留学多年的音乐博士,好像对国内的事都非常陌生,时时处处都找我给他当参谋。

吕蝶:他怎么和你这么好呢?是老朋友吧!

霍克:我俩已经认识两年多了。那年他从英国回来,偶然事件让我俩成为朋友的。

【情景再现

场景十七　路上,出租车里(内)(日)

【吕浩宇从一辆出租车下来。车走不多远,霍克摆手,车停上车。他坐在后面,闭目养神。他无意间把手放下,碰到座位上一个大皮包。打开一看,全是重要文件,还有证件、笔记本电脑、钱包和手机。打开证件看到——第一页全屏字幕:姓名吕浩宇,年龄27岁,民族汉。右上角是吕浩宇非常帅气的标准照。

霍克:(拿出手机,找到常用存号,打过去)喂!您好!您认识吕浩宇吗?

对方:认识认识,我是他爸爸,您是谁?

霍克:我们并不认识,我在出租车上捡到吕浩宇落在车上的皮包。您告诉我他现在在哪里?我把皮包送过去。

对方:谢谢,谢谢!您在哪?我让他去取。

霍克:我在路上,地址不好说,还是我去吧?

场景十八　新科技电气大厦门前(外)(日)

【在一座巍峨的大厦前,霍克拿着一个沉甸甸的大皮包下车,给司机100元。

司机:先生,给您找钱!

霍克:不用找了!

司机:(自言自语)这人可真怪,捡了个大皮包,不让人家来取,还绕了半个钟头亲自给人送来,搭上了100元打车钱。

场景十九　出租车里(内)(日)

【霍克讲述经过结束,回到原来场景——出租车里。

霍克:浩宇那个大皮包,价值连城,那么多文件都是他开歌舞厅的全部批件,还有几张上百万的银行卡。更重要的是他的笔记本电脑,那是他的百宝箱,里面存有他多年创作的电子音乐曲。更重要的是,还有他从国外买的音乐制作器材的取货单。这些东西丢了,就等于丢了他的命。

吕蝶:因此你把东西还给他,就等于你救了他的命,所以你是他的救命恩人,现在你们是铁哥们了。

霍克:你分析得完全正确。他是搞电子音乐的作曲家、音乐博士,可是他回国后非要研究民族音乐,所以就从他爸爸公司借来一千万元，开了这个歌舞厅。

吕蝶：他家可真有钱。

霍克：是呀！现在越有钱的挣钱越容易，越没钱的挣钱就越难。不过我觉得吕浩宇和那些富翁、土豪、富二代还不一样，他搞这些，不是为了挣钱，而是发挥他的音乐才能，为中国音乐史留下他灿烂的一页。所以我这个穷人才能和他这个有钱人成为最好的朋友。

场景二十　露天歌厅建筑工地（外）（内）

【吕浩宇和霍克在商谈歌厅设置，吕蝶在旁边听着、看着，觉得新奇而有趣。

吕浩宇：（走到吕蝶跟前时，笑眯眯地和她打招呼，并且亲切地揉了揉她的卷发）小姑娘，冷落你了，别见怪！这里就是你大显身手的舞台。我敢保证，用不了一年，你就可以从这个舞台飞到中央电视台春节联欢晚会的大厅了。鸭蛋儿，等着吧！

吕蝶：（嘟着小嘴，显出不服气的样子）经理，你不要叫我小姑娘、鸭蛋儿。我今年已经过了十八岁生日了，我已经是大人了。

吕浩宇：（故意揭吕蝶老底）你真以为你是大人吗？听霍哥说，你的背包被抢过，你全部东西都被骗走了。难道你敢说你已经是大人了吗?

吕蝶:先别说我,我问你,一个自称是大老爷们的人差点把命丢了,这与大小有关系吗?

吕浩宇:(一愣神)你什么意思?我咋没听懂呢?谁把命丢了?

吕蝶:(故意卖关子)我听说有位海归,还是一个博士,把自己的命装在大皮包里,把皮包落在出租车上了。经理,你知道这回事吗?

吕浩宇:(恍然大悟,哈哈大笑,回头打了霍克一拳)好哇!小孙才来几天,你就把我最丢人的事告诉她?

吕蝶:(善意挖苦)要想人不知,除非己莫为。经理,谁都有丢人的事,不在年龄大小。

吕浩宇:你这个小丫头,不仅会唱歌,还伶牙俐齿的,会抬杠。霍哥,你坐,咱们先休息一会儿,和小孙聊聊天,她很有意思。

【霍克和吕浩宇坐在吕蝶身旁的台阶上休息。

吕蝶:(微微一笑)好吧!我就和你聊聊"大"和"小"的问题。从我见到你的那一天起,你对我称呼的前缀就没离开过一个"小"字,小姑娘、小女孩、小家伙、小鸭蛋。告诉你吧,我今年已经十九岁了,我是大人了。我觉得咱们中国人至今还是重男轻女。

吕浩宇:(疑惑地问)你这个观点我可不能苟同,

你谈谈你这样说的理由吧!

吕蝶:(嘿嘿一笑)就拿我们俩来说吧,不管生人熟人对我的称呼前都愿意加个"小"字:小丫头、小姑娘、小女孩;可是对你和霍大哥这个年龄段的男人,前面却要加上一个"大"字:大小伙子、大帅哥儿、大老爷们、大吕、大霍,而人们却叫我小孙。这足以证明我们中国人,重男轻女。

吕浩宇:不管怎么说,要是在你的称呼前加个"大"字,怎么听都别扭。大丫头、大姑娘、大女孩、大孙,你觉得怎么样?听起来舒服吗?

霍克:石坚,你要和他斗嘴,最后准输,休战吧!

工人:(在远处喊)吕经理请过来一下,您看这得怎么办?

吕浩宇:(站起来,露出一脸坏笑)小家伙,你等着,哪天有空,我还和你继续讨论重男轻女问题。

吕蝶:好吧! 我迎战。

场景二十一　露天歌舞厅(外)(日)

【艳阳高照,漓江岸边刘三姐露天歌舞厅上空,无数的大彩球拖着长长的彩带在空中飘舞。舞台两侧礼炮一字排开。舞台上姹紫嫣红的鲜花给舞台镶上绚丽夺目的花边。上午十点整,礼炮齐鸣。二十四响后,大帅哥吕浩宇站在舞台中央,拿着话筒,宣布刘三姐露天歌舞厅开业。

吕浩宇：（声音洪亮、浑厚，磁性的共鸣音从对岸的山中反射出回响）女士们、先生们，敬爱的游客们，我们刘三姐露天歌舞厅，现在正式对外开放。三天之内不收门票，点歌不花钱，唱歌不缴费。我们的乐队为大家无偿伴奏。台上台下都可以欢歌曼舞。每天上午十点开放到下午四点结束，余兴未尽者，可到市里刘三姐歌舞厅继续听歌跳舞。三天后，我们这里设茶座，二十元一位，点歌五元钱，和我们的歌手对歌不收费。

我们的歌都是以20世纪60年代以来的电影、电视剧插曲为主。请大家唱起来！跳起来！

【台下响起经久不息的掌声、欢呼声。

【吕浩宇把话筒交给主持人——魅力四射的娜娜。

主持人娜娜：大联欢现在开始，第一首歌《刘三姐》电影中的《唱山歌》。表演者甜妹石坚，帅哥霍克，伴唱歌舞厅全体歌手。

【前奏过后，吕蝶放开喉咙唱起来。

吕蝶：唱山歌喂，

这边唱来那边和。

山歌好比春江水嘞，

不畏险滩弯又多咯弯又多。

霍克：唱山歌喂，

这边唱来那边和。

山歌好比春江水嘞，

不畏险滩弯又多咯弯又多。

吕蝶：多谢了，多谢四方众乡亲。

我今没有好茶饭呐，

只有山歌敬亲人呀敬亲人。

【吕蝶、霍克领唱，台上台下配唱。

【暴风雨般的掌声此起彼伏。

主持人：下一首歌曲《对歌》，主唱甜妹石坚，帅哥霍克。

吕蝶：心想唱歌就唱歌，心想打鱼就下河，

你拿竹篙我拿网，随你撑到哪条河。

霍克：什么水面打跟斗，什么水面起高楼，

什么水面撑阳伞，什么水面共白头。

吕蝶：鸭子水面打跟斗，大船水面起高楼，

荷叶水面撑阳伞，鸳鸯水面共白头。

众男声：什么结果抱娘颈，什么结果一条心，

什么结果抱梳子，什么结果披鱼鳞。

吕蝶：木瓜结果抱娘颈，香蕉结果一条心，

柚子结果抱梳子，菠萝结果披鱼鳞。

众男声：什么有嘴不讲话，什么无嘴闹喳喳，

什么有脚不走路,什么无脚走千家。

众女声:菩萨有嘴不讲话,铜锣无嘴闹喳喳,财主有脚不走路,铜钱无脚走千家。

【歌声、掌声、欢呼声响成一片,会场的气氛一浪高过一浪。

字幕:半年后

场景二十二　饭店(内)(日)

【吕浩宇和霍克对饮。

吕浩宇:霍哥,这半年多亏你和石坚,咱们这两处歌舞厅挣的钱,已经还我爸爸公司六百多万了。从现在起我们就可以大干特干了,不再为挣不挣钱担忧了。我可以静下心来搞我的中西结合、古今结合的歌曲创作了。哥们儿,你帮我可要帮到底,不管干什么我可是离不开你这个高参。

霍克:你放心,我俩是铁哥们,我永远支持你。

吕浩宇:还有一件事,我也要求你,一定把孙石坚给我照顾好。她是新刘三姐,她是歌仙,她是我们歌舞厅的摇钱树。这个女孩非常可爱,若不是我看出你对她一片痴情,我一定会追她的。

霍克:她是个带刺的玫瑰,只可远瞻,不可把玩。我俩同在一个屋檐下,我不敢流露出一丝一毫的暧昧之情。她是我心中的女神,神圣不可侵犯。其实这种感情的压抑让我很痛苦。

吕浩宇:大胆去追嘛!向她表白。

霍克:我没有那个勇气。你别看她在歌厅总是嘻嘻哈哈、高高兴兴的,可是回到出租屋总是闷闷不乐,心事重重。除了我们吃饭在一起,她很少和我说话。我看她对我根本没动过心。强扭的瓜不甜,我如果向她表白,把她惹翻了,我会永远失去她的。

吕浩宇:老兄,我劝你,要抓紧。你如果还是这样犹犹豫豫地,小心你老弟我不够哥们儿义气,我可要追了。

霍克:你别吓我,她是我的女神,谁也抢不去。

吕浩宇:看看看!露馅了吧!我只不过用了激将法,就把你吓成这样。放心吧,我不会干出对不起铁哥们的事的。

【两人吃完喝完,结了账,霍克要服务员打包。

霍克:(嘟嘟囔囔,自言自语)我的小姑奶奶还在家饿着呢,我得带回去给她吃。

场景二十三　出租屋(内)(日)

霍克:石坚,我给你带回吃的了,快来吃吧。(叫了好几声,吕蝶都没答应,自言自语)这丫头肯定还睡呢。都快到上班的时间了,还睡?

【敲了几下吕蝶卧室的门,里面还是没有动静。他轻轻地推开了门,看到吕蝶在酣睡。他没有吱声,也没有走开,凝望着睡姿优美的吕蝶。愣愣地盯了吕蝶好一会儿,情不自禁地悄悄走到吕蝶床前,目光暧昧,忐忑不安,犹豫不决。

【吕蝶翻了个身,继续酣睡。霍克悄悄地走到她的床前,慢慢地接近酣睡的吕蝶,轻轻地在她脸上吻起来。

【吕蝶惊醒,看到霍克趴在自己身上,惊恐万状,推开霍克,猛然坐起,抬起手来扇了霍克好几个大耳光。

霍克:(可怜巴巴地)小妹,原谅我,我的确非常爱你。我们天天在一起,我不敢公开向你表白,然而我又控制不了自己。一大早和吕浩宇喝了点酒,我就借酒壮胆,想抱抱你,亲亲你。你千万别生我的气,我再也不敢了。

吕蝶:(惊恐过后,看到霍克低三下四的样子,便来了胆量,大骂特骂)你这个臭不要脸的流氓无赖,癞蛤蟆想吃天鹅肉,狗胆包天,不自量力,敢在太岁头上动土。你这个讨饭吃的地痞无赖,你搬块豆饼照照,看看你那副尊容,能配上本小姐吗?我是谁?现在我可以告诉你了,我的爸爸是在全国具有几十家分店的亿万富翁,我妈妈是我爸爸公司的副总经理。本小姐因为和爸爸妈妈闹了别扭，流落在外，暂居陋室，你一个穷酸鼓手想趁火打劫，占我的便宜！这是痴心妄想！

【霍克由羞愧和后悔而转为沉思，既而暴怒，在他的脑海里闪出一个个让他厌恶的画面：

1.富商调戏小女歌手；

2.俩富商点歌拼赌烧钱；

3.胖老板腿上坐着两个美女，抱着狂吻。

画外音：多年来，他目睹过很多富人在歌舞厅挥霍无度、花天酒地、荒淫无耻、纸醉金迷的生活，他对富人早已产生极强烈的仇恨。现在犹如火山爆发一样，他发泄着多年来积压在内心深处的愤懑和不平。

霍克：（像连珠炮一样猛烈回击）我早知道你是亿万富翁的女儿，我都不会看你一眼的。我怕脏了我的眼睛。我不会一次次地救你，收留你，为你找工作。

吕蝶：谅你也不敢巴结！你还有点自知之明。

霍克：呵呵！我这人最大的特点，就是从来不巴结有钱人。我以为我们同是天涯沦落人，相逢何必曾相识，所以我情不自禁地爱上你了。如果知道你是亿万富翁家的千金小姐，我会把你当作狗屎堆，绕着走。

吕蝶：不要用冠冕堂皇的话来美化自己，来掩盖自己的穷酸！就凭你这个德行还有资格自诩清高？

霍克：哈哈哈！你看看你这个德行，爹妈不管你了，你自己连饭都吃不上，废材一个！有朝一日你老子破产了，你爹妈不再供你钱花了，你这个啃老族一定会饿死、冻死的。因为你养尊处优，不具备基本的生活能力。你以为你爹妈有钱，你就高人一等吗？其实你只不过是绣花枕头，外表挺美的，里面根本没有真材实料，一肚子糠皮子。你有钱，你为什么要住这么破旧的房子？还和人合租？有钱你住别墅哇！

吕蝶：（被霍克的连珠炮轰得晕头转向）因为我爸爸妈妈忙，没来得及处理我的问题，我才跑出来找他们，没想到在桂林落难了。

霍克：（仰天大笑，极其轻蔑地说）这就叫作落难的凤凰不如鸡。你看看那些大酒店里的陪酒女，哪个不比你强？她们一个个穿得漂漂亮亮，打扮得花枝招展，整天欢欢乐乐、吃吃喝喝，坐在大老板的腿上，扑到大亨的怀里，哄他们开心快乐。

吕蝶：你臭不要脸！你竟敢把我和鸡相比。（抬手又要去打霍克，被霍克的大手一把捏住，甩开。）

霍克：再看看你，凭着自己会唱歌，挣点钱。你活得多苦、多累！我要不给你做饭，你连饭都吃不上。说不定现在你的爹妈正在寻欢作乐呢！他们挥金如土，可是却让你望天长叹，你不觉得自己活得很悲哀吗？我以为你是和我一样的穷人，我才同情你、关心你、靠近你、帮助你、喜欢你,甚至想让你成为我的老婆。现在我知道了,我俩是两股道上跑的车,永远不会相交。我们是不同世界里的人,有本质的区别。所以从现在开始,你走你的阳关道,我过我的独木桥,咱俩井水不犯河水,你也不用再防着我了。

吕蝶:(抽泣着说)你骂够了没有?你以为你穷就有理了?

霍克:(继续以眼还眼,以牙还牙)是呀!我穷,我没有资本做买卖,可是我有本领。我会唱歌,我会打鼓,我会弹琴,我能养活自己。你能吗?你会什么?告诉你吧,若不是我把你介绍到歌厅,你还得躺在床上等待天上掉馅饼。像你这样的,就是真的掉馅饼你都接不着,非饿死不可!

画外音:吕蝶长到18岁,从来没遇到有人会这么肆无忌惮地骂她、损她。她无言以对,气得哇哇大哭起来。

霍克:(接着嘲讽吕蝶)哦!你有特长,你的特长就是会哭。等你爹妈破产那天,你就跪在大街上哭,也许能博得一些人的同情,会给你施舍点残羹剩饭。

吕蝶:霍克,你真是太霸道了!你对我图谋不轨,现在你反倒转败为胜,向我发起进攻。你挺大个老爷们,欺负一个小女孩,你愧不愧疚?

霍克:(又是一阵疯狂大笑)哈哈哈!小女孩?过

了十八岁了,你已经是成年人了。我追你,不犯法;我爱你,是我的权利;我损你、教训你,是因为我看到你太幼稚、太糊涂、太偏激;我骂你,是因为你不知天高地厚,不知自己多大分量。我今年已经24岁了,因为我无房、无车,没有正式工作,所以连个对象都没有。因为我把你误认为是和我一样的人,而真心爱你,出现了过格的举动。幸好欲望未遂,否则我知道你是个不劳而获的寄生虫和啃老族,我将遗憾终生。

【吕蝶知道自己不是霍克骂战的对手,她委屈得只知道哭,而没有有力的语言来回击。

霍克:现在我让你明白,当今有些人是靠不正常手段发家的。他们有十大罪状,我讲给听听,你的爹妈占了几条?你自己去衡量。不法富人的十大罪状是:尔虞我诈、为富不仁、巧取豪夺、发国难财、偷税漏税、行贿受贿、利欲熏心、荒淫无耻、弄虚作假、贪得无厌。

吕蝶:(听了霍克对富人的控诉,她的头像要爆炸了似的痛。她实在忍受不了啦,就声嘶力竭地喊。)你别说了!好不好?我求求你,不要再说了!我认输还不行吗?你走吧!你如果再继续唠叨下去,我会死在你面前的!

霍克:尊贵的阔家大小姐,我这庙小,供不起你这尊大佛,现在请你出去,住你的高楼大厦去吧!我不会再当你的仆人了,请吧!(顺手把他拿回的吃的扔进垃圾桶,摔门走出去。)

【吕蝶起来到卫生间洗了脸,一边哭,一边往行李箱里装她的衣物。

场景二十四　吕浩宇办公室(内)(日)

【吕蝶拉着行李箱敲门走进办公室。

吕浩宇:(非常吃惊)怎么了?这是要上哪呀?哎呀!眼睛都哭肿了?到底发生了什么事了?

吕蝶:(吞吞吐吐地)吕经理,我来辞职,我不干了。

吕浩宇:为什么?

吕蝶:我和霍克不共戴天,有他没我,有我没他。你要想留我,除非把他开除。

吕浩宇:你可让我大吃一惊,霍克三番五次救你、帮助你,你怎么会恩将仇报和他不共戴天呢?

吕蝶:他救我、帮我都没安好心,就想占我的便宜。

吕浩宇:这你可是太冤枉他了,你是他心中的女神,哄你、捧你、供着你,你即使不爱他也该讲点良心呀!霍大哥是绝对的好人,你不该把他当敌人。

吕蝶:他不是好人,他欺负我,占我的便宜。

吕浩宇:难道他把你……(没好意思说出下文,戛

然而止）

吕蝶：不是你想的那样，他趁我睡熟的时候吻我，那可是我的初吻呀！我能给一个穷小子吗？

吕浩宇：哎呀呀！你不要小题大做，那是因为他太爱你了。谁让你长得人见人爱的模样了。好孩子，消消气，我们歌厅离不开你。这点小事，就耍小孩脾气，太不值得了。

吕蝶：你要把他开除，我就留下。

吕浩宇：我怎么能开除他呢？他是我的恩人，他是我的助手和参谋，我总不能恩将仇报把他撵走哇？

吕蝶：那我走！（拉起行李转身要走）

吕浩宇：你也不能走！

吕蝶：我没地方住，他把我撵出来了。

吕浩宇：这样吧！你先到我家住几天。

吕蝶：我听霍克说，你家不是在深圳吗？你让我去深圳？

吕浩宇：傻孩子，我家在深圳，我能让你去我家吗？我还指望你回歌厅唱歌呢。我爸爸去年把总公司迁到桂林来了，我家在桂林买了一个别墅。现在我爸爸和我阿姨都去欧洲考察去了，家里就剩我奶奶和我，还有保姆王姨和厨师李叔。你住一段，消消气。你俩的误会解除了，你再来上班，好吗？我是不会让你走的。走吧！今天露天剧场那边我告诉刘经理照顾，我先把你送到我家。以后怎么办？咱们再商量。

【吕浩宇拉着吕蝶下楼，把她推上他的车。

场景二十五　吕家豪宅（外）（日）

【吕蝶被拉到一个大院。

吕蝶：（内心独白）嗬嗬！真气派！一进院就闻到扑鼻的花香。

【一座三层小白楼前是两个超大的花坛，里面鲜花盛开、姹紫嫣红、争奇斗艳。花坛右侧是一个喷水池，水花四溅，被阳光照得光怪陆离，色彩斑斓。

场景二十六　室内（内）（日）

【走进屋里，大厅里的超大吊灯造型别致，制作精美。大厅里的家具古朴典雅。在大厅的正中央是个螺旋形的楼梯，楼梯两侧的护栏是具有欧陆风格艺术的建筑铸锻铁花，可谓艺术极品。吕蝶目不转睛地欣赏这不多见的艺术珍品。她掩饰不住自己的好奇心，东瞅瞅，西望望。

吕蝶：（画外音）我长这么大，第一次看到这么富丽堂皇，超豪华的住宅，好像外国电影里的宫殿。

【一位40多岁的女仆，从楼上搀下来一位70来岁的老太太。只见她穿着一身湖蓝色带白色小花的丝绸短裤褂，银白色的头发略带大弯。戴着一副金丝边眼镜,更加显得气度不凡,高雅而端庄。

吕浩宇:(三步并作两步,走到老太太跟前,一把把老太太抱住)奶奶,我好想您呀!

奶奶:(亲切地拍拍吕浩宇的后背说)大孙子,你这一走就是十多天,奶奶想死你了。

吕浩宇:那边的事实在是太多了,真的离不开,不然我能不回来看您吗?

奶奶:(疑惑地看着吕蝶问)这位姑娘是谁呀? 快给奶奶介绍一下。

吕蝶:(站在沙发前,一直看着他们祖孙亲热,听老太太询问便恭恭敬敬地给老太太行个礼。)吕奶奶,您好!

吕浩宇:奶奶,这位是我们歌舞厅的歌手甜妹孙石坚小姐。她暂时没地方住了,在咱家住几天。

奶奶:(非常客气地拉住孙石坚的手说)欢迎,欢迎!一看你这漂亮女孩我就喜欢。家里有好几个闲着的卧室。找不到合适的住处,你就在我家里住吧! 没关系! 没关系! 你不要见外,有什么事? 你尽管问这位王阿姨。阿芬呀! 都到中午了,告诉老李赶快上菜吧!(回过头来对孙子说)你打电话说回来,我就让厨师准备菜饭了。

【大家一起来到餐厅,厨师早已把一切准备好了,不大一会儿,摆满了一桌子。老太太让吕浩宇和吕蝶坐在她的两边,一遍一遍地让吕浩宇给吕蝶夹菜。虽然老太太非常热情,可是吕蝶还是很拘束。席间,吕浩宇一直夸吕蝶歌唱得好。

吕浩宇:小孙,我奶奶是音乐学院退休的教授,当年还主演过刘三姐呢。你可以在家和我奶奶学学表演。

吕蝶:太好了!我出来就想拜师,这回好了,我近水楼台先得月,有奶奶指导我就不用到处跑了。

【餐后,在大厅里休息时,老太太亲切地和吕蝶唠起了家常。

奶奶:孩子,你家也在本市吗?听你口音不是南方人,但你的普通话说得很好。

吕蝶:(最怕别人和她谈"家",但是这的确是躲不过的话题,只得搪塞。)哦,我老家在东北,来桂林才半年多。

奶奶:小小年纪就离开爸爸妈妈出来工作,想家吗?

吕蝶:(无可奈何,只得撒谎)我没有父母,从小在姥姥跟前长大,姥姥去世后,老师收养了我。我高中毕业后,不想再拖累老师,就自己出来闯天下了。

奶奶:(非常同情孙石坚的遭遇,忍不住热泪盈眶)我听浩宇说,你歌唱得非常好,是从小开始学的吧?

吕蝶:我很小的时候,姥姥就让我学拉小提琴、学画画。后来姥姥有病经常住院,就把我送到少儿体校学体操。姥姥知道我学体操太苦太累,就把我送到艺术学校学舞蹈,可是我不喜欢跳舞,只喜欢唱歌。姥姥后来把我送到实验小学,因为那时我已经9周岁了,学校就把我放到3年级。我在小学那些年文化课一点也跟不上,上课听课就是鸭子听雷,老师把我放到最后一排,我就偷看歌本背歌词。姥姥看我实在太喜欢唱歌了,就花很多钱给我请一位音乐老师,每周六、周日给我上课。

【坐在奶奶身旁的吕浩宇,一直听奶奶和吕蝶聊天。

吕浩宇:听霍克说,教你唱歌的启蒙老师是20世纪60年代中央音乐学院毕业的歌唱家,是吗?

吕蝶:是的,刘老师是唱民歌的,教我很多年。她对我非常好,说我唱歌素质非常好,有灵性又很刻苦,就鼓励我高中毕业考音乐学院。去年高考,我的专业课几乎得满分,可是我的文化课没有进线,所以落榜了。我不死心,到广西来找刘三姐的故乡,想拜师学艺,成为刘三姐那样的歌仙。

【向老奶奶讲述到桂林被骗的经过。

奶奶:(一声长叹)可惜呀,可惜! 不过像你这样的天资聪慧的好孩子,就是不上大学,也一定会成才的。

吕蝶:(非常客气地说)承蒙奶奶夸奖! 其实我唱民歌只能算刚刚起步。

吕浩宇:奶奶,我看您好像很累,回房休息吧!

奶奶:好吧! 你们也累了吧? 早点休息吧! 浩宇,你让你王姨给石坚安排房间。

场景二十七　卧室(内)(夜)

【吕蝶被安排到二楼挨着奶奶房间的一个非常干净的大卧室。

吕蝶:(她洗完澡,躺在这松软的大床上,无限感慨地自言自语。)都说我爸爸妈妈是大老板,可是我长这么大,却从来没有住过这么好、这么大、这么豪华的房子。看来人上有人天外有天呀! 我开始的顾虑很可笑。其实这家人很好。老奶奶慈眉善目、非常健谈、热情善良。吕浩宇在家没有一点大老板的架子,风趣幽默、博学多才。仆人都精明强干、勤勤恳恳,对我这个外来妹没有一点歧视。

场景二十八　楼外花园凉亭(外)(日)

【吕奶奶和吕蝶坐在石凳上聊天。

奶奶：孩子，你和奶奶实话实说，你是不是我们小宇的女朋友？

吕蝶：奶奶，您别误会。您孙子是我们老板，我是他们歌舞厅的歌手。因为最近我的出租房出了问题，暂时没地方住，老板就把我领到您家来暂住。

奶奶：那他上班，你怎么不上班呢？

吕蝶：(撒谎)歌厅在装修，暂时不开业。奶奶，您教教我刘三姐和三个秀才的唱段呗。

奶奶：好吧！

【老奶奶表演，吕蝶认真地学唱。

场景二十九　吕家豪宅(内)(晚)

【吕浩宇的爸爸和阿姨从国外回来了。

吕浩宇：爸爸、阿姨，你们先休息一会儿，我让厨房给你们准备饭。

吕钟发：不用了，下飞机后，我们在饭店吃了。我们走了以后，你这两处歌舞厅怎么样？客人多吗？

吕浩宇：非常好！现在江边歌舞厅的收入大大超过了原来的歌舞厅。因为收费低，所以客人非常多，得到市文化局和旅游局的表彰，我们江边歌舞厅带动了旅游业和餐饮业。

吕钟发：你可不能光顾搞歌厅，而误了你的正业。

吕浩宇:怎么会呢？我又写了好多曲子了,为霍克捡的那个女孩量身定做的。

李梦竹:去年那个女孩还在你们那里吗？唱得怎么样？

吕浩宇:唱得非常好,现在已经成了我们的摇钱树了,因为和霍克闹意见,非要走不可。我把她拉到咱家住几天,消消气,就叫她回去上班。这个小姑娘,真是一个让人解不开的谜。她来这里刚刚半年,就用她那无穷的魅力征服了她身边所有的人。我就把她带回咱家。我奶奶非常喜欢她,说什么也不让她走。现在还在楼上和奶奶聊天呢。

吕钟发:你让她下来,我和你阿姨见见她。

吕浩宇:好吧！

【吕浩宇很快地上楼,把吕蝶领下来,见他的爸爸和阿姨。当他们从楼梯走下来那一刹那,吕钟发、李梦竹、吕蝶三人同时像被人施了魔法,立即被定住了,目瞪口呆,一动不动。

李梦竹:(扑了上去,紧紧地抱住吕蝶,泪如雨下。她哽咽着说)这不是梦吧？

吕钟发:(也一把拉住吕蝶的手)吕蝶,你终于回来了！太意外了！这是天意！是天意呀！

【这个场面让吕浩宇惊诧不已。

吕浩宇:这是怎么回事？难道你们认识？

吕蝶：(非常冷静，面无表情地)董事长、夫人，我想你们可能认错人了。我不是吕蝶，我叫孙石坚，孙悟空的孙，石头的石，坚硬的坚。对不起！你们回来了，我就不打扰了，我马上搬走。(说完急忙上楼收拾她的东西，准备走)

【李梦竹和吕钟发撵到楼上，可是怎么也敲不开她的门。

吕浩宇：(也上楼了，急忙问)爸爸，这到底是怎么回事？

吕钟发：她是你同父异母的妹妹，吕蝶。

吕浩宇：(非常吃惊)吕蝶？妹妹？我什么时候有个妹妹？我怎么一点也不知道呢？

吕蝶：(在屋里哭得非常厉害)我不叫吕蝶，我是孙石坚，孙悟空的孙，石头的石，坚硬的坚！

吕钟发：小蝶，原谅爸爸吧！你没考上大学，爸爸一时生气，说不再管你了，可是我们能不管你吗？你失踪后，我和你妈千方百计到处找你，可是一点线索都没有。这是天意，让你哥把你领回家，孩子，原谅爸爸妈妈吧！我们会好好地补偿的。

李梦竹：小蝶，不要和爸爸妈妈怄气了，我们都非常爱你，开开门，我们好好谈谈吧！

【屋里传出来的是吕蝶凄凄惨惨的哭声。吕钟发和李梦竹一直站在门外唠唠叨叨地劝说着。

场景三十　奶奶卧室(内)(晚)

【旁边是奶奶的屋,她听着家人呼呼啦啦都跑上楼,不知发生什么事了?刚要出去看看发生什么事了?就听见吕钟发告诉吕浩宇:"她是你同父异母的妹妹,吕蝶。"老太太踉踉跄跄扶墙回到床上,一下子躺下了。吕浩宇在走廊听到奶奶房间咕咚一声不知发生什么事了,立即开门进来。

吕浩宇:(大声喊道)奶奶,奶奶,您怎么了?

奶奶:不要惊慌失措,奶奶没咋的,就是一时着急没站稳。来,快扶奶奶坐起来。

吕浩宇:奶奶,我从来没听过我还有个妹妹,这到底是怎么回事?

奶奶:说来话长,有时间奶奶全告诉你。你先出去看看,看看你爸爸和阿姨跟孙石坚谈好了没有?

场景三十一　走廊(内)(晚)

吕浩宇:王姨,怎么样?

仆人王姨:先生和夫人怎么商量,孙小姐也不开门,他们没有办法,就回自己的房间了。你阿姨嘱咐我,让我在走廊里看着孙小姐,千万不能让她跑了。她在屋里一直在哭,现在刚刚平静下来。少爷,您去照顾一下老太太吧!她心脏不好,好好劝劝她老人家,千万不要着急上火。

场景三十二　奶奶卧室(内)(夜)

吕浩宇:(重新走进奶奶卧室,坐在奶奶身旁,紧紧地抓住奶奶的手不放。)奶奶,我是您最爱的宝贝孙子,为什么咱们家这么大的事,您要瞒着我?请您把这些事都告诉我好吗?

奶奶:我早知道会有这么一天的,即使是天大的秘密,也会有真相大白的这天。我就从头说起吧!

【情景再现一

奶奶旁白:你爸爸和你妈妈结婚后,不到一年,俩人因为性格不合总吵架。你妈性格暴烈,你爸爸比较软弱。尤其是你爸爸是个大孝子,你妈和他大吵大闹,他总是忍着压着,怕我生气。就这样,你妈妈以为你爸爸因为没理才不敢反驳。后来你爸爸出去经商,借机长期不回家。在你六岁那年,你爸爸回来要和你妈妈离婚。我坚决不同意,我非常喜欢你,我不想让你不是没爸爸就是没妈妈。

【情景再现二

奶奶旁白:你十岁那年,你大姑把你接到英国她家,说让你接受点西方教育。可是你走后不久,你妈妈告诉我,她和你爸爸已经办了离婚手续。你爸爸回来,我和他大吵大闹,不依不饶。可是他们已经办好了离婚手续,我也没有办法解决这个问题。万万没想到的是,你妈妈就在那天晚上跳楼自杀了。我恨死你爸爸了,我整天眼泪不干、你爸爸借口工作忙很少回家。

【情景再现三

奶奶旁白:后来我实在太想你了,让你大姑把你送回国。你回家后没有见到你妈妈,整天又哭又闹。我们一直没有对你说出真相,就说你妈妈是得急病死的。

【情景再现四

奶奶旁白:一年后,你爸爸把你李阿姨领回来,听说他们早已登记结婚,一直在外面住。木已成舟,我也就什么都不说了。可是后来我听你爸爸最好的朋友说,你爸爸前些年,为了在东北建连锁店,常去C市,和他常住的一个宾馆领班好上了。你爸爸和你妈妈离婚后,我就认定你阿姨是造成你爸爸妈妈感情破裂的罪魁祸首,因此我非常恨她,从来不给她好脸。就这样同在一个屋檐下,婆媳关系越来越僵,形同陌路。

【情景再现五

奶奶旁白:我把我的全部精力都放在你身上,每天都给你上外语课,上作曲课。我一心一意培养你出国留学。后来你到底出国了。1999年,你爸爸突然和我说,他和你阿姨有个女孩叫吕蝶。她生下来后一直在她姥姥跟前长大,现在她姥姥去世了,他们要把孩子接回来。我坚决不同意,后来他们怎么安排吕蝶我就不知道了。因为我知道这个女孩是在你爸爸妈妈离婚前生的。我认为,我们吕家绝对不能接受一个私生女。这些年过去了,我从来不打听这孩子的下落,所以都发生过什么事我一概不知道,我心里只有我的大孙子。

吕浩宇:我知道奶奶最疼我,最爱我,尤其是我妈妈去世后,奶奶对我太好了!

奶奶:你把孙石坚领回家,我也不知道怎么了就非常喜欢这个聪明可爱的女孩。我之所以留她,是因为你这么多年,始终没和任何一个女孩交往过,从来没谈过恋爱,可是你却在人前人后夸她。我就想把她留在咱家,让你们培养培养感情,将来做我孙子媳妇。可是我万万没想到,她是你同父异母的妹妹。她为什么不承认她是吕家的人,这里面一定还隐藏着不为人知的秘密。明天你好好和你爸爸谈谈,弄清楚这到底是怎么回事?

吕浩宇:奶奶,这么多年,我一直不知道我妈妈自杀的真相。不管怎么说,我爸爸和我阿姨即使有天大的错误,这都与吕蝶无关。奶奶,您看她多可爱,天真活泼、聪明睿智、善解人意,是个典型的励志女孩。最重要的一点是您喜欢她,她会哄您开心。另外我需要她这样的帮手,她是我们歌舞厅的摇钱树。奶奶,您就接受她吧!她是咱们吕家的人。我一想到她说她没爹没妈,和孙悟空一样是从石头里面蹦出来的,我就心酸。这里面一定有很多我们不知道的她的苦衷。

奶奶:孩子,太晚了,你回去睡吧!明天还得上班呢。奶奶现在什么也不说了,你和你爸爸好好合计合计,看怎么办?你们做决定吧!奶奶绝对不干涉。

场景三十三　吕浩宇卧室门前(内)(清晨)

【天还没亮,仆人王姨就猛烈地敲吕浩宇的门。

王姨:(慌慌张张地)少爷,不好了!不好了!孙小姐不见了!

吕浩宇:(立即穿好了衣服,非常着急地说)我不是嘱咐你看好她吗?怎么让她跑了呢?

王姐:我在走廊椅子上坐一宿,眼睛都不敢眨一眨,可是我上厕所大便那么大会儿工夫,她就跑了。

场景三十四　大厅(内)(清晨)

【吕浩宇叫起了爸爸和厨师李叔,三个人分头去找。

吕浩宇:我去机场,爸爸去码头,李叔去火车站,她如果走了,肯定是回东北了。所以咱们就重点找往东北去的飞机、轮船和火车。(他掏出五百块钱递给李叔)我和我爸爸都有车,你没有,不管到哪去找?都打车吧!

画外音:他们整整跑了一天,连个人影都没见着。吕钟发到派出所报案,因为失踪不够48小时,不能立案。除非怀疑被绑架、谋杀,或者有生命危险,只有这几种情况才能随时随地报案。

场景三十四　吕钟发卧室(内)(晚)
【直到晚上还是没有吕蝶的消息。李梦竹整天眼泪不干。

吕钟发:(筋疲力尽地坐在沙发上)我和浩宇整整跑了一天,连个影都没看见。

李梦竹:丢了半年多,女儿好不容易找到了,现在又丢了。(百感交集,非常悔恨)小蝶之所以再次离开我们,不认爸妈,这绝对不是孩子的错。这些年来我们对她的确不闻不问。

吕钟发:这些年,我们从来没缺过她的钱,要钱就给。我觉得对得起她。

李梦竹:可是小蝶要的,绝对不只是钱,她需要的是父母的关爱。

场景三十五　大厅(内)(晚)

【晚上全家人坐在一起等待吕蝶的消息。

画外音:一连两天了,找遍了整个桂林,也没发现吕蝶的人影。这天晚上,全家人坐在一起,研究找吕蝶的办法。

吕钟发:我认为她一定是回东北了。

李梦竹:她的确有可能回东北了。她在长春市整整生活了十八年,老师、同学才是她的亲人,所以我认为她回东北的可能性最大。

李梦竹:(给吕蝶班主任周老师打电话)周老师您好! 我是吕蝶的妈妈,请问,吕蝶在您家吗?

周老师:(电话免提)吕蝶毕业后,我就退房了,因为教委不让老师办学生公寓。后来她去哪儿? 没和我打招呼,我以为她去南方找你们去了。(挂断电话)

吕钟发:你真糊涂,她不可能坐飞机,坐火车,即使回东北现在也到不了。能在老师家吗?

奶奶:到了现在这个地步,你俩就什么也别瞒着我了。你们说说她到底为什么和你俩结仇结怨? 连自己的父母都不认?

李梦竹:自从我和钟发结婚后,我俩很少回去看她,一直是她姥姥管她。不管她要什么钱,只要她一张口,我们就立即把钱给她打到卡上。她姥姥去世后,她以为我们会把她接来。可是和您商量,您说什么也不同意,所以只得把她留在那里。那年公司出了大问题,急需一笔钱,我回去就把她姥姥的房子卖了。委托她的班主任周老师照顾她。我们每个月给老师3000元,一切都是老师代管。去年高中毕业后,老师停办了学生公寓,她没有地方住了,就和人合租了一个条件非常差的民宅。

吕钟发:都怪我。因为她没考上大学,我很生气,就只给她5000元,让她自己租房,并且说她已经18周岁了,我们不再管她了。因为她没有独立生活能力,有病没人管,差点饿死在出租屋里,被合租人送到医院。后来她给我们写了一封信,委托合租人交给我们就走了。我和梦竹一直在找她,可是一点线索都没有。

奶奶:她那封信你们还留着吗?拿来我看看,她到底为什么和我们吕家结仇结怨?

【李梦竹回到卧室把吕蝶的信拿来了。

吕浩宇:阿姨,把信给我,我念给奶奶听。

【李梦竹把信交给了吕浩宇,他打开信,大声念起来。

爸爸妈妈:

这是我最后一次这样称呼你们。我走了！不要找我。

我是一个不该出生的人，我是你们家庭里多余的人，是你们的累赘。也许你们会说我忘恩负义。可是等你们看完这封信的时候，也许会承认我说得对。

我知道我有爸爸妈妈，可是爸爸妈妈的形象，在我的心目中越来越不清晰了。尤其是近几年，我仿佛觉得这两个人似乎并不存在。因为我从小到大没有和父母生活在一起，没尝到过父爱和母爱。

你们只是我的印钞机，我要多少，你们就毫不吝啬地给我多少。可是因为我升大学无望，你们觉得我给你们丢脸了，所以你们再也不管我了，让我在这个陋室里熬过了黑色的一百天。苟延残喘，艰苦度日，差点没饿死、病死在这里。我没有办法，退了房准备去寻我的梦。

你们除了给我钱以外，什么也没给过我。哪怕是短暂的问候，哪怕是一个小小的拥抱，哪怕是一句感人的话语，都没有。我所期待的你们从来没给过我。

【情景再现一

你们为了让我不给你们丢脸，所以我出生后，你们就不惜一切代价让我学体操、学舞蹈、学电子琴，要我学画画。可是我一样也没学成，都半途而废了。姥姥知道我爱唱歌，就请老师给我上声乐课。姥姥去世后,我寄住在老师办的学生公寓里。后来你们又花高价把我送到重点中学。可是你们从来没问过我:"学得怎么样?""愿不愿意学?""学习有没有困难?"

【情景再现二

你们根本不知道我因为在小学阶段没有正规地学文化课,所以上初中后,什么也跟不上。上课就是鸭子听雷。老师讲的我一点都听不明白,所以我上课睡觉、玩手机、看画报、看小说、玩微信、画画,要不就和周围的同学唠嗑。老师讲课我听不懂,我跟不上,我学不进去,这些能怪我吗?这一点都不怪我,我的学习基础太差了,可是你们却让我上重点校、重点班。人家都是尖子生,而我是劣等生,我是班里的另类。所以我从上中学那天起,就一直在同学们的最后面打狼。

在老师和同学的眼里,我是一个不可救药的人。老师们恨我扯了班级的后腿,我们班里各科平均成绩总是让我给拽下好几分。影响科任老师的业绩。

【情景再现三

同学们看不上我,欺负我,戏弄我,恶搞我,他们合伙出怪招,让我出丑,让我难堪。还让我请他们吃饭,请他们看电影,给他们买生日礼物。因为我有个最耀眼的招牌——富二代。

我是人,我是活生生有血有肉的人,可是你们却用钱把我培养成一个让人讨厌的废物。我考不上大学是我的错吗?

你们重男轻女,把精力都放在我那个同父异母的哥哥身上。他在国外顺顺利利地读完了本科、硕士、博士。因为你们要他回来接你们的班,你们要他继承家业。可是你们对我怎么样?你们心里比谁都明白。我在这中学六年里,你们给我开过一次家长会没有?你们给老师打过电话吗?你们问过我的学习情况、学习成绩没有?你们认为这些年可劲供我花钱,我就会按着你们路子走下去。可是几十万元甚至上百万元你们给我买回几分?请你们算算账,我在中学这六年就是为了买回高考分。我的分值,大概创吉尼斯世界纪录了。

我虽然高考数学只打了37分,可是这笔账我还是能算出来的。幼儿园和小学我不太清楚,咱们就从上初中开始算起吧!初中三年我一共花了224000元;高中阶段总共花了351000元。我念初中,上高中重点校,你们就是为了让我考大学。我6年一共花了575000元,我用这么多钱买回225分,平均1分就值2555元。我的1分需要一般工作人员一个月的工资钱才能买回来。

你们是商人,请你们算一算细账,你们的所谓智力投资值吗?大概这是你们这一生中做得最最亏本的买卖吧？我是按着你们的计划,打造出来的一个废物。我没有基本的生活能力,我没有一技之长,我不具备起码的各类知识。我因为不会打开煤气差点饿死、病死在这个陋室里。

现在你们一定觉得赔本了吧？你们一定非常后悔吧？因为花这么多的钱,我还是没考上大学,的确给你们丢脸了。你们一定后悔生了我。如果爸爸在我身上花了57万本钱,需要我偿还的话,我愿意分批分期还款。我先卖一个肾,再买两个眼角膜,然后摘掉一片肺叶,最后把心置换给最需要的人,加在一起可能够还我欠你们的债了？

假如你们不需要我还钱的话,我从今天起就远走高飞了,不要找我。18年我白活了,现在我要重塑一个我,不受你们摆布的,不张口等待天上掉馅饼的新的吕蝶。

我走了,不要找我,永远不要再见。

吕家多余的人
吕蝶
2015年8月28日

【吕浩宇在读信的过程中,李梦竹已经泪流满面,吕钟发也埋头不语。奶奶潸然泪下,吕浩宇最后也泣不成声。

奶奶：(最后叹了一口长气)难怪！难怪！看来这都是我的错，如果我肯收下这个孩子，也不会花五六十万买个冤家。

李梦竹：妈，这怎么能怪您呢？这都是我和钟发的错。我们把心思都用在挣钱上，对孩子我们除了给钱，什么都不管。她姥姥去世后，她几乎成了有父母的孤儿。尤其是她高考落榜后，我俩出去旅游根本没管她。小蝶是个很争气的孩子，听她哥哥说，她现在是个很出色的歌手了，无论如何我们也要把她找回来。妈，您同意吗？

奶奶：我还有什么可说的呢。小蝶是个好孩子，是我们这些糊糊涂涂的长辈坑了孩子、害了孩子，才让她吃这么多的苦。你们必须给我找回来！

李梦竹：(破涕为笑)谢谢妈妈！

吕浩宇：(抱着奶奶在她的脸上亲了一口) 还是我奶奶通情达理！

奶奶：(愧疚地说)不要讽刺我了，如果我真的通情达理，也不会出现亲孙女不认家这个悲剧呀？

吕钟发：归根结底我是罪魁祸首。我认为金钱是万能的，可是我今天才真正地懂得了，钱买不来知识，买不来快乐，买不来亲情。无论如何，我们也要把小蝶找回来。

画外音:在找吕蝶这个问题上,一家四口达成了空前的统一。

吕钟发:浩宇,从明天开始,你把歌厅的工作放一放,全力以赴找你妹妹。

吕浩宇:好吧!

场景三十六　漓江边(外)(晨)

【吕蝶坐在江边一块大石头上,遥望喷薄欲出的朝阳,泪如雨下。往事在她的脑海里翻腾着。

【情景再现

吕蝶画外音:(唱)

可怜的孤独的女孩

　　作词　王春根

年龄相仿的其他女孩

爸妈天天呵护宝贝乖乖

早上起来吃着面包喝着牛奶

还要抱怨自己胃口不开

而我这个远离父母孤单女孩

饿着肚子独自上学无人关爱

年龄相仿的其他女孩
爸妈天天轮流送到学校
指导读书批改作业成绩自豪
心中温暖飞扬幸福微笑
而我这个父母不管的女孩
同学欺负教师冷淡心如火烧

爸爸呀,妈妈呀,爸爸呀,妈妈呀
我需要你天天陪我成长的那份关爱
爸爸呀,妈妈呀,爸爸呀,妈妈呀
我需要你天天目光流露真切关怀

我最害怕我最害怕突然而至的暴雨天气
水淋淋的我只好站在寒冷屋檐下
同学在爸妈送来的伞下露出笑脸
我最无助我最无助没有星星月亮的夜晚
孤单的我等待天明彻夜无眠
辛苦一天的姥姥早已经睁不开双眼

我最痛苦我最痛苦毫无预兆的疾病来到
虚弱的我希望爸妈会出现眼前
无言的痛孤独的心让我的泪涟涟
我最伤心我最伤心没有爸或妈的家长会

无家长的家长会让我很丢脸面

同学的嘲笑老师的批评让我很无言

孤单的孤单的可怜女孩

不愁吃穿缺少陪伴爸妈的真爱

孤单的孤单的可怜女孩

你们的钱买不走我满腹积怨

【擦干泪水,离开江边,向公共汽车站走去。

场景三十七　小县城火车站(外)(日)

吕蝶:(随同下车人群,走出出站口。打电话。)阿牛哥,我到了,你在哪里?

阿牛:你别动,我看到你了,我马上过去。

场景三十八　路上(外)(内)

【吕蝶坐在阿牛的拖拉机上,一路颠簸。

阿牛:(每走一处都要详详细细大声介绍有关的风景和资料)现在我们从罗城县城往怀群镇方向走,这40多里都是乡间公路,你看你看,前面那两块大石头。自古以来就竖着的,被当地人起名为"三姐望乡"和"秀山看榜"。两块大石所在的两座山相对而立,大概只有200米的距离,"三姐"与"秀才"遥遥相望。(阿牛停下了拖拉机,绘声绘色地讲着)"三姐望乡"可以清晰地看出是一个女孩戴着壮族的头饰,背着一个背篓,微微抬起头,透过层层叠叠的青山,遥望着碧绿的稻田、潺潺的小溪、翠绿的修竹……与之相对的一座山上,一座山峰似乎被劈掉形成一块天然的崖壁,一块大石立在一旁。从山脚下抬头望,仿佛一位秀才站在山头,翘首抬望,似乎在仔细地查阅自己是否"榜上有名"。秀才帽子上丝带被山风吹得飘然而起。

吕蝶:阿牛哥,你真有文采。你用诗的语言,把这里的景物描绘得像画一样美。

阿牛:我实话实说吧!接到你的电话,知道你要来,为了给你当向导,我打开电脑找资料,背了半宿解说词。

吕蝶:阿牛哥,你真有意思,太诚实了。

阿牛:我再给你讲讲这秀才的故事吧!当时有个叫冯子安的神秘人物,他表面上的身份是一位"游访学士",其实是一名皇帝派来的钦差大臣。最后他把刘三姐的事迹禀报给皇帝,皇帝下圣旨封刘三姐为"歌仙",并为刘三姐建了一座牌坊。

吕蝶:这里太有意思了,不仅景美,而且故事都这么精彩。

场景三十九　壮乡(外)(内)

【热情好客的壮乡人欢天喜地地出来迎接远方来的美女。大树下,方桌上摆满了各色各样的水果,阿牛的家人热情款待着吕蝶。

场景四十　壮乡三月三狂欢大会(外)(日)

【时逢"壮族三月三",吕蝶在阿牛的带领下跟着壮族朋友一起唱山歌、跳竹竿、尝美食、观民俗、看美景……品尝五色糯米饭,载歌载舞,共庆佳节。

场景四十一　壮乡茶园(外)(日)

【吕蝶和壮乡姑娘们一边采茶,一边唱采茶歌。

吕蝶:三月鹧鸪满山游,四月江水到处流。

采茶姑娘茶山走,茶歌飞向白云头。

草中野兔窜过坡,树头画眉离了窝。

江中鲤鱼跳出水,要听姐妹采茶歌。

众姐妹:采茶姐妹上茶山,一层白云一层天;

满山茶树亲手种,辛苦换得茶满园哟依哟。

吕蝶:春天采茶茶抽芽,快趁时光掐细茶。

众姐妹:风吹茶树香千里,赛过园中茉莉花哟依哟。

吕蝶:采茶姑娘时时忙,早起采茶晚插秧。

众姐妹:早起采茶顶露水,晚插秧苗伴月亮哟依哟。

吕蝶:采茶采到茶花开,满山接岭一片白。
蜜蜂忘记回窝去,神仙听歌下凡来哟依哟。

阿牛:(从远处跑过来)石坚,我刚才到乡里去开会,乡里布置给我们一项最重要的任务。五月一日全省有一次歌舞大会演,县里点名让我们乡准备一个大型歌舞。这个忙你得帮我了。今天晚上6点半钟,我们在村头桂树下召开碰头会,研究确定内容和人选,你必须去。

吕蝶:好嘞!阿牛哥负责的工作,我一定全力以赴支持和参与。

场景四十二　桂花树下(外)(晚)
【姑娘小伙们热烈地讨论,争论不休。最后确定由阿牛和吕蝶演唱《壮乡情歌》,选十男十女伴舞。

场景四十三　村头广场(外)(晚)
【二十多个姑娘小伙在村头广场排练,引来孩子大人围观。吕蝶和阿牛的对唱,博得阵阵掌声。

壮乡情歌

词:樊孝斌
曲:李沧桑

吕蝶:东窗木棉如圣火

西山月亮赛铜锣

多情最是三姐的歌

就像春江没停过

没停过

阿牛:南疆宁静花万朵

北部香涌千层波

彩云深处妹妹的歌

犹如太阳永不落

吕蝶:你来唱我来和

山歌天天当茶喝

一杯平安迎远客

一杯吉祥敬情哥

阿牛:我来唱你来和

生活年年歌里过

一歌山高天地阔

一歌水长幸福多

众姐妹:石坚姐姐唱得真好!

众小伙:我们阿牛唱得也好。

【大家鼓掌祝贺。

阿牛:谢谢大家鼓励!我们今天的排练很好,大家的伴舞也跳得很精彩！现在回家休息吧！明天还是这个时间，接着排练。

【众人纷纷离开。

【吕蝶没有走，坐在大树下，低头深思。

阿牛：(刚刚走了几步，看吕蝶没动，就急急忙忙跑回来了)我知道你今天太累了，我陪你在这多歇一会儿。

吕蝶：你今天也够累的了，快快回家睡觉吧！

阿牛：你不走，我能自己回去吗？

吕蝶：说句老实话，我现在有点不敢回你家了。

阿牛：(明知故问)为什么？

吕蝶：我怕你妈妈要我口供。

阿牛：哈哈！你原来是让我妈吓得不敢回家了？

【情景再现

场景四十四　阿牛家、(内)(午)

【全家人围着一张桌子在吃饭，边吃边聊天。

吕蝶：这时间过得真快，一晃我来这里都快半年了。真不好意思，我在你们家住这么久了。

阿牛妈：有什么不好意思的？这半年来，你帮我们干了很多活，减轻了我和你嫂子的负担。再说我们全家早就把你当作自己家的人了。

阿牛嫂子:小孙,说实在的,我都嫉妒你了。咱妈早把你当儿媳妇了,对你比对我都好。

吕蝶:嫂子真会开玩笑。

阿牛妈:你嫂子心直口快,有啥说啥,最能揭我老底。实不相瞒,自从阿牛把你领回家的那天起,我就把你当作二儿媳妇了。我家阿牛长这么大也没搞过对象,突然领家个赛天仙的女孩,我们能不明白吗?我听阿牛说你没爹没妈,这就是你的家。过些天你们忙完了,就去民政局把结婚证领了。咱们再把西边那个竹楼好好布置一下,选个好日子,把喜事给你们办了。

吕蝶:(听到老太太这番话,面红耳赤,目瞪口呆。半天不知说什么才好。)大妈,你误会了,我不是阿牛哥的女朋友。我是来壮乡学民歌的,明年我还要回家乡考大学呢。

阿牛妈:孩子,你喜欢唱歌,就在我们壮乡留下吧!你来这时间也不短了,你也看到了,我们这里的人都喜欢唱歌。还上什么大学呀?

画外音:阿牛一直沉默不语,听到妈妈和嫂子的话,他明白了,亲人们早把吕蝶当作自家人了。他虽然和吕蝶没有表白过爱情,但是他早已爱上了这个漂亮的、倔强的、爱唱歌的女孩了。现在他不愿意再继续隐瞒自己的真情实感,借助妈妈和嫂子的推波助澜,决心向吕蝶告白真情。

【回到原来场景——大树下。

场景四十五

阿牛:石坚,我妈妈和我嫂子早就看出我的心思,我今天也不再隐瞒了。我的确非常喜欢你,可是不知道你怎么想的。所以就没敢和你明说。今天我妈妈把盖揭开了,我也就没有顾虑了。我想知道,你真的要走吗?你说你没有家,没有爸爸妈妈。你要去哪儿?你就留下吧!我家里的人都对你好,乡亲们也都喜欢你。你在这过得多开心,别走了!

吕蝶:阿牛哥,我的确在你家有了家的感觉,可是我还有很多事,缠得我不得安宁。我知道你们全家对我都好,可是我不甘心在壮乡待一辈子。我的梦是要成为刘三姐那样的歌仙。

阿牛:我知道你比我心高,我也相信你会梦想成真,可是你如果真的走了,我怎么办?我会受不了的。(把头埋在两腿中间,忍不住抽泣起来)

吕蝶:(靠近阿牛,轻轻地拍着他的后背,非常温柔地劝他)阿牛哥,我知道你对我好,来壮乡后,我把你当作最好的朋友,最可依赖的人,甚至把你当作我的哥哥。可是这不是爱。不瞒你说,有个人爱我爱到发疯的程度。在我最困难的时候,他帮助我、救助我,如果没有他,我可能会饿死、病死在桂林。可是因为我没意识到他对我的深爱,当他向我表示爱意的时候我打了他、骂了他。彻底伤害了他,现在我已经意识到我这是恩将仇报。我极其后悔,我总觉得我欠他的情应该还。

【在吕蝶脑海中闪回和霍克交往的画面。

吕蝶画外音:
词:王春根

想当初邂逅在海边
离别泪模糊伤心的双眼
相思梦永远缠缠绵绵
理不顺扯不断相思红线
牵动今生多少无奈多少思念
诗蕴红叶一片片一片片

烘不干心底的眼泪
相思缘难续接相恋的弦
时光剑斩断牵手片段
道不清说不明相思情缘

泛起情海多少风浪多少恩怨
串起恋情一点点一点点

相思的红线
网住恋人千秋万年
书写真爱一篇篇
相思的红线
演绎人生风云变幻
只做鸳鸯不羡仙

【回到原来场景。

阿牛:我明白了,你心里有了他,就装不下别人了。石坚,你放心吧,虽然我非常喜欢你,可是我绝对不勉强你,让你接受我。因为我希望你得到幸福。

吕蝶:谢谢阿牛哥!你真好!

阿牛:我希望你不要因为我妈妈今天说的那些话,就离开我家。我们要参加文艺会演,我们要天天排练,你还要像以前那样全力以赴帮助我。

吕蝶:放心吧!阿牛哥,我会的。

场景四十六　桂林露天剧场(外)(日)

【台上吕蝶和阿牛倾情演唱。

霍克:(和吕浩宇并肩坐在台下,突然抓住吕浩宇的手,情不自禁地大喊。)你看!你看!那是谁?

吕浩宇:(朝着霍克手指的方向看去,惊呼)吕蝶!吕蝶!是吕蝶!这丫头也太不像话了,跑出去四五个月,无影无踪。原来她去了壮乡。这回我们一定要抓住她,回家好向我奶奶交差。这几个月,我奶奶把我和我爸爸逼得焦头烂额。奶奶吓唬我,不给她找到孙女,都不让我回家了。

霍克:都怪我,要不是我把她骂急眼了,她也不会离开歌舞厅。这几个月,我们两处歌舞厅收入都不好,就是因为甜妹这个台柱子不在了。这次她还是因为我不肯留下来的话,你就让我走吧!

吕浩宇:说啥呢?我能放你走吗?她任性耍小孩子脾气,不都是因为你,而是因为我爸爸和我阿姨除了给她钱花,什么都不管她。你放心,我这次说什么也不能让她再跑了。其实她很可怜,长到十八岁没和家人在一起生活过,孤苦伶仃,没人疼爱,所以她脾气不好。尤其是她不懂得什么是爱,因此才和你骂架。

霍克:其实我不对,我不应该把我的仇富心理一股脑发泄在她的身上。我非常后悔。这回我们抓住她,我一定好好向她道歉。

吕浩宇:今天咱俩的艰巨任务就是一定要抓住她,说什么也不能让她再跑了。

霍克：你把她截住，我先回避，否则她又得大吵大闹了。

吕浩宇：也好，你暂时先别露面。现在我就去后台堵她。

霍克：快去吧！节目要演完了。

【吕浩宇急急忙忙跑到后台，站在演员下来必走的台阶旁等吕蝶。

【当吕蝶高高兴兴下台时，吕浩宇冷不防一把抓住吕蝶不撒手。吕蝶一看是吕浩宇，拼命挣脱，身后的阿牛蹿了上来解围。

吕浩宇：小妹，和我回家！

吕蝶：先生，你认错人了，我不认识你！

吕浩宇：小妹，你别任性了，奶奶想你都想出病了，阿姨现在也不能上班了。我和爸爸被奶奶逼着天天找你。好妹妹，我求你了，和我回家吧！吕蝶，听哥的话，别耍小孩子脾气了。

吕蝶：我说了，我不是吕蝶，我是孙石坚。我没有爸爸妈妈，是石头里蹦出来的。我是孙悟空的妹妹！

阿牛：(气急败坏地说)看你文质彬彬像个书生，怎么这么赖呢？小孙都说不认是你了，你赶快撒开手！【上去就是一拳，打得吕浩宇口鼻流血。

吕蝶：(情急之下喝道)阿牛哥，你怎么动武呢？他是我哥。

吕浩宇:(听到吕蝶这句话,激动得热泪盈眶,把吕蝶紧紧搂在怀里,抽噎着说)小妹,你终于认我了!

【围观的人感到莫名其妙。

阿牛:(不好意思地向吕浩宇赔礼道歉)对不起,孙大哥,我不知道你是孙石坚的哥哥。

吕浩宇:(露出一脸苦笑)我们不姓孙,姓吕。她叫吕蝶,我叫吕浩宇。她是我妹妹。

阿牛:(恭恭敬敬地向吕浩宇鞠了躬,又对吕蝶说)石坚,你先和你哥哥回家吧!你要回壮乡,给我打电话,我来接你。

吕蝶:不!散场后,我回宾馆。明天我和你们一起回壮乡。

吕浩宇:也好!我不强迫你,但是你必须听我和你谈一件非常非常重要的事。

吕蝶:等我看完节目再谈不行吗?

吕浩宇:行行行!我等你,只要你能听我讲完那件最重要的事,你让我等到什么时候都行。

【站在远处一直盯着吕家兄妹的霍克,放心地躲开了。

【吕浩宇紧紧地抓住吕蝶的手,不肯撒开,拉着她回到原来的座位上。

吕蝶:哥,我不跑了,你撒开我吧,把我的手都捏疼了。

吕浩宇:(习惯性地揉了揉吕蝶的头发,笑眯眯地说)小丫头,你到底管我叫哥了,不许再改口了。

吕蝶:(也露出了笑容)咱们说好了,我叫你哥,不再改口,你奶奶也是我奶奶。可是你爸爸却不是我爸爸,你阿姨也不是我妈妈。

吕浩宇:干吗呀?绕口令呀!别犟了,血浓于水,这是不变的事实,和自己的父母不能永远作对。

后面的观众:看节目!不要再说话了!

【吕浩宇刚要吱声,被吕蝶捂住了嘴,兄妹不好意思地做了个鬼脸。

场景四十七　宾馆楼会客厅(内)(日)

【吕浩宇、吕蝶、阿牛一边饮茶,一边聊天。

吕蝶:哥,到底有什么重要的事情要告诉我,你就快说吧!

吕浩宇:省音乐家协会决定,让我写一个大型歌舞,参加"我要上春晚"大比拼。我已经把策划方案交到自治区文化厅、市文化局,和自治区、市音乐家协会。它融进广西壮族自治区各个少数民族的传统歌舞,初步确定由200名演员表演。这台歌舞的名字就叫《太平盛世舞飞长天歌成河》,现在已经报名了。

阿牛:太好了,需要壮族演员我可以给你挑出一大批。

吕浩宇:当然少不了你,你是我们广西著名的民歌手。主创人员名单里,已经有你了。

阿牛:谢谢吕大哥。

吕蝶:看把你美的。

吕浩宇:还有你,吕蝶,你是演员名单中的第一名。《刘三姐》这个歌舞是这台歌舞的主体部分,所以区里的意见是一定要找一位能歌善舞的、最出色的女演员。我就把你写上了。

吕蝶:你相信你能找到我吗?

吕浩宇:我有水晶鞋,就一定能找到灰姑娘。我建议自治区、市文化主管部门,举行一次歌舞大会演,全区各地的歌舞能人,一定纷纷上场。我就会在这些人中,找到最好的歌舞能手。当然也一定会找到百灵鸟,我亲爱的小妹了。

吕蝶:你怎么知道我没离开广西呢?

吕浩宇:你给我说过,你到广西来,不是来游山玩水,而是要找到刘三姐的故乡。所以我认定你一定去了罗城,于是我到市文化局打个请示报告,点名一定要壮乡的歌舞。

吕蝶、阿牛:(哈哈大笑)原来你下套,我们自动钻进来的。

吕浩宇:这可是我回国后的第一部作品。是我的处女作,我也想让它成为我的成名作。我为什么要开歌舞厅？为什么歌舞厅要唱老歌？就是为了发掘歌舞人才，就是为了把中国古老的传统民歌，赋予现代化的特色。这是我要追求一生的课题。我知道你不仅具备唱民歌的高水平素质，而且是一个心地善良的励志女，有施展自己才华的机会一定不会放过。果然不出所料，你到底被我抓到了。小妹，你还跑吗？我认为你一定能帮助哥哥实现这个心愿。你一定会胜任这个工作的。

阿牛：不跑了！不跑了！绝对不能再跑了。她即使是再跑去，我也会把她押送回来的。

吕浩宇：小妹，怎么样？表个态吧！

吕蝶：(沉思一会，说)我可以留下，不过我有个条件，我和阿牛哥对唱。

吕浩宇：这是后话，正式排练前再定。

吕蝶：(和吕浩宇耳语)我可不想和霍克搭档。

吕浩宇：小丫头，这么长时间了，你还记仇？

吕蝶：不是我记仇，是我怕他。我把他骂惨了，我现在承认我恩将仇报。

吕浩宇：(非常兴奋)太好了！你到底明白了！

阿牛：你们说谁呢？为什么怕我知道？

吕蝶：这个问题，对你绝对保密。

吕浩宇：我知道了，原来阿牛是你的……

【没等吕浩宇说出口，吕蝶就捂住哥哥的嘴。

场景四十八　吕浩宇琴房(内)(日)

【多种现代化的作曲设备同时工作,吕浩宇沉醉在这无影无形有声的音乐世界里,无比陶醉,非常惬意。

场景四十九　排练场(内)(日)

【吕浩宇指导排练核心部分新刘三姐。

吕蝶:三姐唱歌五百年,一人唱歌万人和,

神州大地披彩霞,太平盛世好生活。

阿牛:唱得火箭飞上天,中国小伙见嫦娥。

巨轮日行千万里,五洲四海去撒歌。

吕蝶:三姐山歌多又多,漫山遍野流成河。

唱得高山水倒流,唱得大地结硕果。

阿牛:唱得高楼平地起,唱得山洞跑火车。

高架桥上长龙飞,桥下人们乐呵呵。

【有几个高音阿牛怎么也上不去,有点跑调,他非常尴尬。

阿牛:导演,还是让霍大哥唱吧!他的确比我唱得好。

吕蝶:(拽了阿牛一把)没关系,再练几遍就好了。

【在阿牛和吕蝶双人舞时,阿牛由于紧张,把吕蝶拎倒了。他拉起吕蝶后,又被旁边伴舞的演员绊了一个大跟头,引起哄堂大笑。吕浩宇不得不叫停。

阿牛:(跑到后面,拉起坐在板凳上悠闲玩手机的霍克,非常诚恳地说)霍大哥救救场,我真的不行了,紧张得快要昏过去了。求求你,你上吧!

吕浩宇:霍大哥,你来吧!

【霍克慢吞吞地站起来,走到吕蝶身边。不看吕蝶一眼,吕蝶也觉得非常别扭。

吕浩宇:乐队,从头开始!

【前奏之后,吕蝶和霍克轻松愉快地载歌载舞,表演得非常到位,赢得在场的演员激烈的掌声。

【吕浩宇宣布休息,演员们纷纷找地方坐下、躺下。吕蝶、霍克谁也没有搭理谁,各自找个角落休息去了。

霍克画外音:吕蝶还是记我仇,怒目而视。

吕蝶画外音:霍克把我当空气,熟视无睹。

阿牛:(非常诚恳地和吕浩宇商量)吕导,吕大哥,我求求你,让霍大哥把我换掉吧!他唱得的确比我好,跳得也好,表演更好。为了咱们这台节目能上春晚,你就别犹豫了。

吕浩宇:你先和吕蝶商量,她同意我就换人。

阿牛:(乐颠颠地跑到吕蝶跟前)小妹,你今天也看到了,我三番五次出差错。我是民间歌手,没登过大雅之堂。这么正规的演出,我就手忙脚乱,错误百出。为了能上春晚,你就同意用霍大哥把我换下来吧!你放心,群众配唱部分,我一定尽到最大的力气。好妹妹,以大局为重,以大局为重!(吕蝶默不作声)不吱声就等于默许,我告诉导演去。(乐乐呵呵地去告诉吕浩宇)吕导,吕导,吕蝶同意换人了。

场景五十　我要上春晚会场(内)(日)

【灯火辉煌,座无虚席,群情振奋,到处洋溢着欢歌笑语。

【舞台两侧的大柱子上打出大型歌舞《太平盛世舞飞长天歌成河》。在欢快的锣鼓声中,大幕徐徐拉开,大屏幕上激光灯打出《太平盛世舞飞长天歌成河》渐渐隐去。鲜亮的、美丽的、迷人的桂林山水——青山、绿水、奇洞、美石展示它独特的美艳绮丽。漓江像一条蜿蜒的玉带,缠绕在苍翠的奇峰之中。江水清澈碧透,奇峰倒影尽在水中,如诗如画,在缓缓划过。

在电声乐队的伴奏之下,穿着鲜艳民族服装的俊男靓女轻歌曼舞飘然上台。吕蝶和霍克的双人舞在大家的伴舞中,有鲜明的众星捧月之感。二人的表演炉火纯青,激动人心。吕蝶的歌声甜美清脆,霍克的嗓音浑厚响亮,配合得极其默契,相得益彰,完美至极。

让世界听听中国声音
词:王春根

霍克:有一条腾飞的巨龙,
傲然屹立世界东方,
他的名字叫大中国,
中华儿女激情歌唱。

吕蝶:你走过的路很长很长,
夏商周秦汉接着两晋又隋唐,
南北宋元明清朝代紧相连。
顶风沐雨一路沧桑,
万里长城举世惊叹,
中华文化源远流长。
合唱:啊,中国,中国,
古老文明的中国。

霍克:你的土地肥沃广袤,
说唱南疆生机盎然北国千里苍莽,
东临大海西接帕米尔。
吕蝶:蓝色南海美丽安详,
长江黄河奔流不息,
上有天堂下有苏杭。

合唱:啊,中国,中国,
美丽富饶的中国。

霍克:让全世界听听中国的声音,
中国的声音响彻八方,
合唱:护国神器升空又钻海洋,
凶恶的豺狼不敢再张狂。

领唱:让全世界听听中国的声音,
中国的声音响彻八方,
合唱:四海交朋友携手图富强,
推动一带一路铸就辉煌。

【吕蝶和霍克表演后,有扁担舞、铜鼓舞、绣球舞、芦笙舞、采茶舞。会场气氛一浪高过一浪。

【评委的好评,观众的掌声,使演职员群情振奋。站在吕蝶两侧的吕浩宇和霍克抓住吕蝶的手高高举起,谢幕。此时此刻吕蝶处在极度欢快之中,下台时一手挽着哥哥,一手挽着霍克,好像她所有的烦恼、忧愁都被这激动人心的歌舞一扫而空。霍克似乎也忘掉了和吕蝶的恩恩怨怨,欢乐激动使他情不自禁地拍着吕蝶的肩膀,开怀大笑。

场景五十一　大剧场门前(外)(晚)

当演员们走到剧场外的大巴前时,吕奶奶、吕钟发和李梦竹扑了过来,把吕蝶紧紧抱住。

吕蝶:(万分惊奇)你们怎么来了呢?

李梦竹:听到你们今天在这演出,全家人就都坐飞机来北京了。

吕蝶:(紧紧地拉住奶奶的手说)奶奶,您放心,我不会离开您的,我还要和您学唱刘三姐呢。

李梦竹:(非常兴奋)你要想成为歌仙,就拜奶奶为师吧!

吕钟发:孩子,还恨爸爸吗?

吕蝶:放心吧!我谁也不恨了。哥哥说血浓于水,无论发生什么事,我血管里流的都是吕家的血。

场景五十二　大饭店门前(外)(晚)

【一家五口,兴高采烈地刚要走进一家豪华的大饭店。

奶奶:喂喂,等一等,我还有个孙子没到呢?

吕蝶:(非常惊奇)还有一个？谁呀?

奶奶:霍克呀! 他和你哥是铁哥们,我过生日他给我磕过头,我认他是我的二孙子。小宇,赶快把霍克找来。

霍克:(突然从后面出现)不用找了,我来了,我给奶奶买矿泉水去了。奶奶血糖高,只能喝矿泉水。我订桌的时候问过他们,这个酒店没有奶奶喜欢那个牌子的矿泉水,我就到附近的超市买了两瓶。

吕浩宇:(与吕蝶耳语)奶奶非常喜欢霍克,你千万别在奶奶面前说他坏话!

吕蝶:(微微一笑,对霍克说)你也别在奶奶面前说我坏话,我可是奶奶的心肝宝贝。

【全家人乐乐呵呵进了酒店。

场景五十三　歌舞厅门前(外)(深夜)

【歌舞厅散场了,大家三三两两走出大厅,吕蝶站在大门口等待吕浩宇和她一同回家。

霍克:(从里面出来,对吕蝶)你哥上机场接一位英国来的同学,他让我把你送回家。

吕蝶:(故意气他)你不是下狠心不当我的仆人了吗?今天怎么心甘情愿地给我当司机呢?

霍克:你这孩子什么都好,就是好记仇。

吕蝶:其实我早都不记仇了。是你把我骂醒了,我才立志不当不劳而获的富二代啃老族,才跑到壮乡和少数民族的姐妹们学采茶、学唱山歌。我决心不当绣花枕头,用真才实学来填充自己空空如也的脑袋。

霍克:我真没想到,你失踪不到半年,能发生这么大的变化。

【他俩边走边聊,刚到停车场,还没等霍克打开车门,蹿上来三个歹徒,一把把吕蝶撂倒。霍克反应过来以后与他们生死搏斗。

【一个傻大黑粗的歹徒好像是头,听他憨声憨气地喊:不要伤着丫头,大哥指望她朝她家要钱呢。男的可以往死了打。机智勇敢的吕蝶掏出手机大喊:"110吗?我在刘三姐歌舞厅门前被歹徒袭击,快来救我!"歹徒仓皇逃窜。

【霍克早已经躺在血泊中,吕蝶哭着给120和110打电话。

【120风驰电掣般把霍克拉到医院,送进手术室。

大夫:(从手术室出来,问)哪位是伤者的家属?

吕蝶:(跑过去。慌慌张张地说)我是!我是!他怎么样?

医生:伤得非常重,需要立即做手术。你看看,在这签字吧!

【吕蝶在家属栏目里写上自己的名字。后面加上括号"女朋友"。

字幕:"吕蝶(女朋友)"

【走廊里的电子钟不停地变化着数字,吕蝶焦急地在手术室门前踱来踱去。

吕蝶:(给吕浩宇打电话没有打通,她急哭了。看看电子钟已经显示五点四十五分了。)手术都两个多钟头了,怎么还没出来?

场景五十四　吕钟发、李梦竹卧室(内)(深夜)
【两人都没有睡,靠在床头,焦急地等待。
李梦竹:这两个孩子是怎么了? 都快亮天了,怎么还没回来呢?
吕钟发:给小宇打电话,总是"无法接通",给小蝶打电话,一直是"线路忙"。也许昨天晚上客人多吧?
李梦竹:小蝶从壮乡回来以后,歌舞厅两边都很好,看来咱们女儿的确被大家捧为歌仙了。她不会再跑了吧?
吕钟发:怎么会呢? 她现在情绪非常稳定,还等着上春晚呢,可能元旦以后就得去北京。
【电话铃突然响起。
李梦竹:(看到电话号,是吕蝶打的,按了免提)喂喂! 小蝶,你怎么了? 别哭! 别哭! 发生什么事了? 慢慢说。
【两口子突然紧张起来。
吕蝶:我哥回来没? 霍大哥因为救我被绑匪攮成重伤,现在在手术室已经三个多小时了,还没出来。我给我哥打电话,说什么也打不通,他回来让他到中心医院来。我在手术室门前呢。

李梦竹:小蝶,你别哭,爸爸妈妈马上过去。你哥怎么没和你们在一起?

吕蝶:他去机场接朋友去了。

场景五十五　医院手术室门前(内)(晨)

【李梦竹和吕钟发匆匆赶到医院。

吕蝶:(好像见到了救星,扑到妈妈怀里)妈!吓死我了!散场后,哥哥去机场接客人,让我霍大哥送我回家。我俩刚刚走到停车场,就被歹徒袭击了。听他们说话的意思是要绑架我,然后向我爸爸要钱。霍大哥拼命和他们搏斗,可是霍大哥就一个人。我急中生智,也没拨号,就喊110来救我,结果他们都吓跑了。

吕钟发:你报案了没有?

吕蝶:我先打120,后打110。120来了,我们就来医院了。没等110。

吕钟发:这么说,你没有报案。(拿出手机打110)110吗?今天后半夜,在刘三姐歌舞厅停车场,发生歹徒袭击我女儿的案件。她没来得及报案,现在我们在中心医院。医生正在抢救伤者,你们能来医院吗?

警官:我们正在寻找报案人呢,我们马上去医院。

场景五十六　医院重症监护室(内)(外)

【霍克头上、手上、胸上都缠着厚厚的绷带,引流泵,心脏监护仪。吊瓶、输尿管、氧气管把一个身强体壮的人固定在病床上。

吕蝶:(紧紧地握着他的手,眼泪汪汪地说)霍大哥,你为了救我,才遭这么大的罪。你别着急,会好的。好人有好报,你即使真的不能再起来,我一定伺候你一辈子。

【霍克眼里滚出一滴泪珠。

吕浩宇:哥,你不要着急。今天我已经给你爸爸妈妈寄去五万元了。我没说你受伤,我告诉他们这个月,我们歌厅生意好,挣得多。你放心吧!我爸爸让我每月给你家寄五万元。

霍克:(眼睛里流露出激动的目光,低声说)谢谢!不用了,吕蝶没事,我受伤也值。

吕浩宇:哥,你别说话了,我们都不离开你,有事你眨眨眼就行。小蝶,你到那边床上躺一会儿,我看着大哥。你已经两天两宿没合眼了。

场景五十七　普通病房(内)(日)

【王姨送来鸡汤和米饭,霍克因为手还缠着绷带,吕蝶在一口一口地喂他。

霍克:那年咱俩打嘴仗,我说你天上掉馅饼你都接不着。现在天上掉什么我都接不着了,还得你一口口喂我。难道这是我骂你的报应。

吕蝶:胡说什么呀!霍大哥,不管以后你怎么样,我都决定伺候你一辈子,你愿意吗?

霍克:以后,我能跑能跳,能唱能舞了,你也能这样对我吗?

吕蝶:当然能了,你为我命都不要了,我伺候你一辈子是应该的,我心甘情愿。

霍克:看来的确是坏事能变成好事,我不仅捡回一条命,还得到一个如花似玉的老婆。

吕蝶:(笑嘻嘻地捏了霍克的大鼻子)你想得美,我答应伺候你,可没说给你当老婆。

霍克:得了吧!别不好意思承认,在我手术苏醒过后,我清清楚楚听你一边哭,一边说:亲爱的,你快快醒吧!你醒了亲我抱我都行,我绝对不会打你嘴巴了。这是什么意思?这不是向我表态要当我老婆吗?我问你,那时你说的话算不算数?

吕蝶:(嬉皮笑脸地)说出的话,泼出去的水,绝对不能收回,君子一言驷马难追。

霍克:(用包着纱布的手,指指自己的脸蛋)留下印记永不反悔。

【吕蝶在霍克的脸上亲了一口。

场景五十八　吕家别墅(外)(日)

【字幕:两个月以后。

画外音:霍克出院了,老奶奶定要让吕浩宇把霍克接到他家来养伤。霍克拗不过,住到这从来没见过的别墅。吕蝶每天精心地照顾他的饮食起居,一家人在极其和谐的气氛中,过了一天又一天。

场景五十九　吕家客厅(内)(晚)

【晚饭后,一家人坐在大厅里聊天、看电视。

吕钟发:(兴致勃勃回来,一进屋就说)告诉大家一个好消息,绑架未遂伤人案破了,三个凶手和幕后指使者全部落网。今天公安局把我找去,和我谈了整个案情。原来黑社会头子商大疤拉,听说我千方百计找失踪的女儿,估计小蝶一定是家中的宠儿。于是就策划绑架小蝶,想勒索我500万元。他派三个小喽啰跟踪小蝶很多天,那天他们找到机会要对小蝶下手,可是霍克拼命把小蝶救下来。小蝶丝毫无损,捡回一条命。咱家也没损失一分钱。是霍克救了小蝶一条命。霍克,从今以后,你就是家中一名成员了,需要什么尽管吱声。

霍克:吕叔叔您不要客气,一切大灾大难都过去了,这说明吕家吉人天相。我也没落下残疾,过几天就能登台演出了。

吕浩宇:(回到家里也带回来一个好消息。)号外号外！我今天接到中央电视台的邀请函,我们的大型歌舞,决定参加2017年春节晚会。一月三日,全体演员到北京中央电视台报到。

吕蝶:高兴地蹦了起来,抱着奶奶亲了好几口,和哥哥、霍克击掌祝贺。

场景六十　春节联欢晚会现场(内)(日)

尾声　太平盛世舞飞长天歌成河

【大型的灯光剧场。运用现代高科技的声、光、电、水、云、气创造出一种梦幻仙境场景。绚丽奇幻,神秘朦胧,虚无缥缈,美轮美奂。

【悠扬悦耳的电声乐队把人们带到一个神奇的世界。这里别有洞天,仿佛进入亦真亦幻的仙境。进入剧场的人们不再吵吵嚷嚷,好像来到另一个世界,神秘莫测。大家都在等待着,等待那激动人心的时刻到来。屏幕上出现了一个古香古色的大钟,"当当当"敲了八下,人们不禁紧张起来。

【顷刻间,电声乐队奏出明快的旋律,十几种乐器合奏出干净利落激扬振奋的开场曲。五彩缤纷的激光一起射向屏幕,无数熠熠闪光的音符翻转着、跳跃着,由小渐大。化作《太平盛世舞飞长天歌成河》几个金光闪闪的大字。

【在欢快的电声乐队的伴奏下,大屏幕上播放着国家日新月异的变化:1.火箭腾空而起;2.钢花飞溅;3.阅兵式;4.麦浪滚滚;5.大学图书馆里学生在看书;6.繁华的城市立交桥上的汽车长龙……

【镜头转向波涛汹涌、无边无际的大海。

【万道霞光染红了辽阔的海面,天空中朵朵彩云飘然而过。

【天空中彩云飘飘,每片云朵上面都有一位服饰华贵艳丽的美女,在梦幻霓裳乐曲中,手挽花篮,撒播花瓣。在大小提琴错落有致的优美音乐中,她们婀娜多姿、娇媚百态,轻柔的薄纱被风吹起,在空中飘飘荡荡。五彩缤纷的花雨纷纷扬扬飘落在舞台上;在绚丽夺目的彩灯照耀下,舞台上顿时变成了一片花海。众花仙飘然而落,悠然起舞。流光溢彩的灯光,美轮美奂的布景,梦幻神秘的舞台,绮丽美艳的服饰,倾国倾城的美女,性感的舞姿让台下的观众神魂飘逸,激情荡漾,心灵震撼。掌声此起彼伏,一浪高过一浪。

吕蝶:(画外音——唱,她声音圆润甜美,悠远酣畅,用歌声描绘了如诗如画梦境。)

云雾缭绕似梦幻,琼楼玉宇依稀见。

九天仙女舒广袖,俯瞰神州尽开颜。

七彩云霞铺满天,千娇百媚众花仙。
轻歌曼舞站云端,撒播花雨降人间。

【音乐旋律优美典雅,节奏时快时慢,跌宕起伏,千变万化,高潮迭起,悠扬悦耳。

【二十名花仙子飘然移步,形影相随,穿行在舞台之上。她们的服饰华丽鲜艳,五彩缤纷。每人几十米长绸满台飘舞,似海浪翻卷,似长虹高悬,美艳至极,令人拍案叫绝。

【轻歌曼舞后,在悠远的琴声中,她们缓缓飞上蓝天。在舞台上方,二十条彩绸被风吹得飘飘摇摇,向远处飞去,奔向遥远云雾中的仙山楼阁,渐渐消失在白色的浓雾里。

【舞台正中央,缓缓升起一朵巨大的粉红色含苞待放的荷花,被翠绿的荷叶慢慢托起。当它展开那青翠欲滴的花瓣,一身洁白壮族服装的霍克和身着艳丽壮族花裙的吕蝶在花心里精彩亮相。台下再一次掀起一阵狂潮。掌声、欢呼声经久不息。

【远处一只小船缓缓滑到他们面前,霍克牵着吕蝶的手跳上小船。舞台布景转为桂林山水,缓缓划过。

吕蝶:三姐唱歌五百年,一人唱歌万人和。
神州大地披彩霞,太平盛世好生活。

霍克:唱得火箭飞上天,中国小伙见嫦娥。

巨轮日行千万里,五洲四海去撒歌。

吕蝶:三姐山歌多又多,漫山遍野流成河。

唱得高山水倒流,唱得大地结硕果。

霍克:唱得高楼平地起,唱得山洞跑火车。

高架桥上长龙飞,地下原油流成河。

【身着节日盛装的各族演员,在欢快的锣鼓声中翩翩起舞,来到漓江岸边。

众人:(高声喊)喂,新刘三姐来了!快快来呀!我们和她对歌!

【吕蝶、霍克从小船上走下来,高高兴兴地跑到群众中间。

众男声:好歌才,只有歌仙唱得来,

心想与姐唱几句,不知金口开不开?

吕蝶:多谢了! 多谢诸位众乡亲,

我今没带好茶饭,只有山歌敬亲人,敬亲人。

众男声:好歌才,只有歌仙唱得来,

问你难题千百个,谜底等你来揭开。

吕蝶:心想唱歌就唱歌,不怕问题多又多,

要想对歌尽管说,我有答案一火车。

阿牛:霍大哥,快过来,你点子多,出出难题,考考歌仙。

【霍克跑到男队与大家交头接耳。

吕蝶:姐妹们！快过来呀！我们要和小伙儿对歌啦。

女合:哎！来了。

【众女跑到吕蝶身边。

霍克:什么有嘴不讲话呀？(男合)不讲话？什么无嘴闹喳喳呀？(男合)闹喳喳？

吕蝶:空调有嘴不讲话来,电视无嘴闹喳喳。

女合:空调有嘴不讲话来,电视无嘴闹喳喳。

霍克:什么有腿不走路？(男合)不走路？什么无腿走天涯？(男合)走天涯？

吕蝶:雕像有腿不走路来,飞机无腿走天涯。

女合:雕像有腿不走路来,飞机无腿走天涯。

阿牛:儿在万里见到妈,妈在家里听儿话,歌仙快快来回答,(男合)到底到底为了啥？

吕蝶:母子视频把话拉,千里万里像在家,你一言来我一语,对面相逢笑哈哈。

女合:你一言来我一语,对面相逢笑哈哈。

女合:现在该我们问你们了。

男合:好哇！请出题。

吕蝶:什么多？什么少？什么长？什么高？

霍克:中国人口最多,中国乞丐最少。

阿牛:万里长城最长,喜马拉雅最高。

吕蝶:哪里炮火连天？哪里没有硝烟？

霍克：中东炮火不断，中国没有战乱。

吕蝶：什么你有我有他也有？

为啥在家里能看五大洲？

男合：手机你有我有他也有，电视里面看五洲。

吕蝶：家家都有万宝箱，什么东西都能装。

需要什么打开箱，信手拈来不用忙。

女合：你们猜猜，这是什么？

男合：电脑呗。你们考不住我们。

【吕蝶、霍克和群众演员边唱边舞，各个民族舞闪亮登场。

吕蝶、霍克：唱山歌，一人唱歌万人和。唱唱咱们大中国，舞飞长天歌成河。

太平盛世好事多，越唱心里越乐呵。

众人：太平盛世好事多，越唱心里越乐呵。

吕霍：彩霞万里照山河，人海茫茫闪金波。

亚洲巨人真巍峨，世界惊变看中国。

众人：中华巨龙已腾空，一日千里驾东风。

世界风云多变幻，站稳脚跟不摇动。

万众一心手挽手，牢不可破筑长城。

胆大毛贼敢侵犯，砸碎筋骨不留情。

喜看中国龙，今日已腾空，

风速加光速，奋力向前行，

风速加光速，奋力向前行。

【演出完毕,吕蝶、霍克和众演员谢幕。

场景六十一　吕家客厅(内)(夜)
【吕钟发一家人在家看春晚,老奶奶高兴得赞不绝口。

吕奶奶:小宇呀!小蝶他们演出回来,你可得给她和霍克张罗婚礼了。

吕浩宇:放心吧!奶奶,我早准备好了!

【全剧终。